一度だけ

益田ミリ

一度だけ

1

　巨大な街路樹が影を落とす通りを、バスは淡々と進んでいく。こまかい振動を全身に感じながら、ひな子はリオの街を眺めている。上空には見慣れない大きな黒い鳥が飛び交っていた。気流に乗って自由気ままに旋回しているように見えるが、そのくせ、あわや接触というところでさらりと翼をかわしている。

　ぶつかり合うこともあるんだろうか。ないこともないはずだ。

　少し意地になって空を見上げていたらバスはトンネルに入り、抜けると鳥は一羽も見えなくなった。

　ブラジルのリオ・デ・ジャネイロ国際空港に待機していた観光バスは、二十四時間以上かけてやってきた日本人ツアー客十五名を乗せ、ポン・デ・アスーカルという岩山に向かっている。

　頭がぼうっとしている。

　時差ぼけというより、風邪なのかもしれない。出発前から喉が少しいがらっぽかったのだ。リュックサックをごそごそやって、ひな子は喉飴を頬張った。

通路を挟んだ反対側の席には、ひな子の叔母の清子《きよこ》が窓に寄りかかるようにして眠っている。ルイ・ヴィトンのサングラスを支える高くてすっきりとした鼻は、ひな子の母いわく、「なんだか昔と違う」らしい。言われてみればそうかもしれないし、痩せた人が加齢とともにさらに骨張って見えるだけなのではないか、という気もする。

スーツケースを借りるために実家に寄れば、母は怒っていた。ブラジルなんてとんでもない、と。

「清子はどういうつもりなんだろう。姪っ子を連れて行くのに、母親のわたしにひとことの相談もしないで」

「でもさ、ブラジルなんて、普通、一生行けないじゃん？　わたしもいい機会かなとか思って。清子おばさんひとりじゃ、お母さんだって心配でしょ」

そもそも、清子おばさんにしてみれば、姪を同行させるという意識などなく、女友達との旅行のような感覚でいるのではないか、とひな子は思っている。実際、清子には仲良くしている年下の友人が何人かいるようだった。

「ねぇ、ひな子、今からでも断んなさい、お母さん、あなたにそんな遠くに行ってもらいたくないのよ。ねぇ、お父さんもそう思うでしょう？」

庭とは呼べぬ家ののりしろのような場所でパターの練習をしている父にそう言う母の声は、

最後は弱々しくなっていた。さすがに不安な気持ちもよくわかった。

「大丈夫だって、ツアー旅行だから添乗員だっているんだし。あ、そうだ、お母さん、お土産なにがいい？　香水？　口紅？」

ひな子が明るく言うと、「お土産なんかいいから」と言われ、そんなことより貯金しなさい、三十六にもなるのに、という話にすり替わっていった。

ブラジルの三月は夏の終わりだった。もうすぐ正午になろうとしている。

街を歩く人々の大半はビーチサンダルを突っ掛け、手荷物が少なく、あるいは手ぶらである。店先のアイスクリームボックスの鮮やかな配色や、人だかりができている手押し車の屋台。ラッパを吹くことを禁止する道路標識、カナリヤ色のタクシー。街の片端から、ようやく海外旅行中だという実感が湧いてくる。公衆電話はサラダボウルをひっくり返したような、半球の屋根に覆われていた。カナブンみたいだ。ひな子はとりあえずスマホのカメラで写してみる。

「ああ、寝ちゃってた、ね、ひなちゃん、飴、ちょうだい」

目覚めた清子が左手をひらひらさせている。白くて細い手首だった。薬指に指輪はない。結婚指輪とは夫亡き後は外すものなのか、つけておくものなのか、ひな子にはわからなかった。

「飴、すっぱいのと、甘いのとあるけど」

「すっぱいのって梅？」

「レモン」

清子はうーんと考え「すっぱいの」と言った。

三年前に死んだ清子の夫は大手製薬会社の重役を経て定年退職したので、老後の蓄えにはゆとりがあるはずだった。もともと裕福な家のひとり息子だとも聞いている。ふたりに子はなかった。

バスの前方でマイクを握った現地の日本人ガイドが力説している。

「ブラジルは日本の裏側ではありません、反対側です」

なるほど、とひな子は小さくうなずく。地球の裏表を勝手に決めてよいわけがないし、そもそも球体に裏と表があるのかも疑問である。日本に帰ったらまずこの話を姉の弥生《やよい》にしようと思い、石岡さんにもするかもしれないと思った。

石岡は、ひな子が登録している派遣会社の営業担当で、三十代半ばの大男である。先週、事務所に寄ったときにブラジル旅行の話をしたらひどく懐かしがっていた。学生時代に南米を旅したことがあるらしく、それは、とても意外な一面だった。

もっさりとした人。ひな子の石岡に対する印象はこれだけだった。今の派遣会社に登録して以来なので二年近く変わっていない。もっさりした人以外にもう少しなにかあるだろうと問われれば、ベルトの上におなかが乗り上げている人。合皮のバカでかい靴を履いている人。無口というわけでもないが、気さくでもない人。あと、鼻毛の人。椅子に座っているときには気づかないのだが、立っている石岡を見上げると、決まって鼻の穴から毛がのぞいている。見たくないと思っているのに、ひな子はつい確認して気分が悪くなるのだった。

そんな石岡という人物に追加された「若い頃に南米を旅した人」。悪くない過去だった。なんだかおしゃれだ。けれど、このくらいで石岡を男として意識するなんて、絶対に、絶対に、ないのだ。と、思っている時点で、ひな子は自分が石岡を意識し始めていることに気づいている。

まったくばかげている。石岡さんでよいなら、もっと他にいるだろう？

考えてみても、ひな子には思い当たらなかった。思い当たらないから、南米に行ったことがあるというだけで石岡の株が上がったのである。

できることなら、みながうらやむような人と巡り会いたいと思う。しかし、結局、それは現実的ではなかった。そんな男が言い寄ってきてくれる「理由」がなかった。

ひな子は元彼を思い返す。目つきの鋭い、四角い顔の男だった。大学時代、女友達と行った海辺の花火大会でナンパしてきたグループにいたひとりだった。砂浜で仲間と悪ふざけしている姿がかわいらしく、翌日、本当に誘いのメールをくれたときにはこの人と結婚してもいいと思った。

けれども、付き合っていると思っていたのはわたしだけだったのだ。なかなか会ってもらえず、すねてみせれば露骨にいやな顔をされた。ふたりで会ったのは、せいぜい五回。にもかかわらず「元彼」にしておくのは、以来、ひな子が誰とも肉体関係を持ったことがないからである。

石岡さんは若い頃に南米を旅したのだ。それは充分きらめきに値する気がした。彼はなにかを探し求め、苦悩していたのかもしれない。自分に、そして自分の人生に。文学的な人なのだ。なにより彼は派遣社員ではなく、派遣会社の正社員である。仕事を勝ち取った人間だった。

石岡と結婚するようなことになったら、新婚旅行は秘境の地になるのかもしれない。マチュピチュとか、パタゴニアとか。平たい自分の人生に美しい陰影がつくようだった。想像し始めると、石岡の顔が、案外、整っていたのではないかとさえひな子には思えてくる。

大通りを走っていたバスが細い路地に入った。静かだった車内に添乗員のマイクの電源が入る音が響く。バスはスピードを落とし始めている。

「はい、みなさま、お疲れさまでした。ではね、これからね、ポン・デ・アスーカルの観光となりますが、ロープウェイ乗り場の近くにバスを停める場所がないので、この先、バスが停車できそうな場所で降りていただきます。長く停車できないので素早く降りたあとは、ガイドさんの後につづいてください。車が通りますので、道を渡るとき気をつけてください」

成田空港から同行している添乗員は、背の高い小野田という女だった。長旅にも疲れひとつ見せずひょうひょうとしている。成田で挨拶したときと寸分変わらぬ濃いメイクで、しかし、それを受け止められるだけのエキゾチックな顔立ちをしていた。

小野田に誘導されてバスを降りる。リオの空港に到着後、すぐに待機していた観光バスに乗り込んだので、ひな子は、今、やっとブラジルの地に自分の足を下ろしたように感じた。

日本人ガイドを先頭に、ロープウェイ乗り場まで一列になって進んでいく。歩道は幾何学《きかがく》的な凝った模様のタイルがつづいたかと思うと、突然息が切れたように投げやりなコンクリートの道になり、また違うデザインのタイルになった。おのおの家の出入り口には好き勝手な勾配がついている。そのせいでやたらと段差が多い。歩道のど真ん中に、突如、電柱が立っていたりもする。初日に転んでけがをするのだけは避けたい。ひな子はがに股になって、慎重に歩いた。

日差しは強いが、汗ばむほどには暑くない。バスの中で街の治安についての注意点を聞いたばかりなので、肩からかけた小さなポシェットを隠すようにしてひな子は列につづいている。

「へぇ、あの山登るの」

後ろを歩く清子がのんびりとした口調で言い、「終わったらお昼？」と、小野田に聞いている。麻の白いパンツにシースルーの白いカーディガンを羽織り、首にはグリーン系でまとめられた天然石のロングネックレス。一行の大半がコットンパンツにTシャツという中で、清子だけが新宿伊勢丹に買い物に行くようなかっこうだった。籐のバッグにはエルメスのスカーフまで結んでいる。おいおい、目立ちすぎだろう。お金を持っていることを宣伝して歩いているようなものではないか。ひな子は思っただけで黙っている。母親になら注意するだろうが、清子は叔母で遠慮もある。しかしながら、一緒にいてとばっちりにあうのだけは避けたい。明日からのファッションについて後で言い含めるつもりでいる。

土産物を売る露店の前を通るとき、みんなが品物をのぞき込んでいく。ひな子も同じように首を伸ばした。観光名所の写真がプリントされた派手な日傘などが並べられている。着いたばかりでまだこの国のお金を一度も使っていない。お菓子でも水でもいい、早くなにかを買ってみたかった。

果たしてポン・デ・アスーカルは岩の山だった。子供がクレヨンで描く絵のように、ぽっこりと丸い。これからロープウェイで山の頂まで登るのだという。

ロープウェイのチケットを買うために並んでいる個人の観光客たちの脇をすり抜け、乗り場へと進む。ツアー旅行なので、あらかじめチケットも予約もすべて手配されている。わかっていても、遠く離れた場所で自分への約束が守られていることに、ひな子はいちいち安堵してしまう。

「後ろに立ったほうが景色がいいですからね」

日本人ガイドに言われ、ロープウェイに乗り込むと、みんな後方にどたどたと向かった。

あれ、清子おばさんは？

出遅れたひな子が周囲を見回す。清子は後方の窓辺のど真ん中に立っていた。偶然、押しやられちゃったのよぅ、というのほほんとした横顔である。狙いをつけなければそんな良い場所に行けるわけがなかった。

しばらくしてロープウェイはするすると動き出した。いろんな国の言葉が飛び交っている。ミックスジュースみたいにミキサーにかけたら、どんな言語ができあがるんだろう？　意外と抑揚のない、さらりとしたものになったりして。ひな子は、こういうとりとめのない、こぢんまりとした、すぐに消えてなくなるような気持ちを分かち合える恋人が欲しいと思う。ロープウェイに乗り込むときにも離れないで背後についていてくれるような。

ひな子の立っている場所からは人の頭で景色は上半分しか見えない。空はさっきより雲が多くなっている。もしかすると明日のリオのカーニバルは雨なのかもしれない。

景色を見ようと背伸びしたり、左右に動いたりしているうちにロープウェイは中間の乗り継ぎ地点に到着した。しぼり出されるように外へ出る。

「海、きれいだったわねぇ。ああ、おなか減った、お昼のメニューってなんだっけ？」

最後にのんびりと降りてきて清子が言った。

「なんかレストランのバイキングみたいなのだったと思うけど。でも、ここからまだ上まであがるんだって。ほら、あの山の上、砂糖パンって意味らしい。バスでガイドさんが言ってた。丸い形が似てるんだって」

「あはは、へんな形」

薄茶色のサングラス越しに見える清子の瞳には、いたずらっ子のような活気がある。

参加者の中には清子より年上と思われる老夫婦が二組いた。歳をとってもこんなに遠くまで旅ができるものなのか。ひな子はそれを心強いとは感じず、むしろ末恐ろしいと思う。充実した一生を終えるには、どれだけのお金が必要なのだろう。

海が見える。波は穏やかだった。ぽつぽつと小島が浮かび、岩山の奥に長いビーチがある。背後の切り立った丘の上にはキリスト像がそびえている。テレビや写真で見てきた巨大なものをいざ前にすると、かえってフィクションの世界に紛れ込んだ気になる。

キリストは両手を広げていた。そうしたくなるような眺めだった。

＊

夕暮れのレンタルDVD店の棚の前で、弥生は浮かない顔をしていた。映画を探しているようで、実のところまったく関係のないことを考えている。

妹のひな子が旅行のパンフレットを持って帰ってきたのは去年の秋だった。

「ちょっと、お姉ちゃん、知ってた？」

折れ曲がったパンフレットをバッグから取り出した。

「ブラジルってさ、パリとか行くよりめちゃくちゃ高いって。ほら、見てこれ」

がさがさとページを開き、「ここ、ここ」と指差した。妹の人差し指の先にある旅行代金を見て、弥生の声は裏返った。

「えっ、八十万円もするの？」

「さっき見て、わたし、びっくりして」

背後で電子レンジのピーという音が響いた。ひな子は立ち上がりながら、

「強気にもほどがあるよね、その値段」

と言った。

いつも痩せたいと言っているわりには、熱っ、熱っ、と運んできたのはスーパーで買ってきたドリアである。

「しかもさ、その八十万ってふたり部屋の料金だから、ひとり部屋にすると追加代金があるわけ。清子おばさん、別々の部屋にしようって。そのほうが気楽でいいんだけど」

油っぽいドリアの容器を、ひな子がそのまま無垢の木のテーブルに置こうとするので、

「あっ、待って」

弥生は郵便受けに入っていたチラシを差し出した。妹のこういうだらしのないところが昔から気に入らないのだ。

小学生の頃からだ。教室のひな子の机には、くしゃくしゃになったプリントや図工で描いた絵がいつも詰め込まれていた。ひからびたパンが入っていることもあり、放課後、弥生は定期的に妹の机の中を整理してやったものだった。

老人ホームのチラシの上にのせられたドリアはどこかもの悲しく、ひな子はそれをプラスチックのスプーンで端から食べ始めた。食べながらも旅行代金のことを話したくてたまらないのである。

「あと、なんていうの、ほら、航空税だっけ？　あれ？　空港税？　ああいうのとか入れる

と、ひとり百万円とかになるみたい」

「旅行、何日間なんだっけ？」

えっと、ちょっと待って、とひな子はパンフレットを引き寄せ、一週間？と答えた。

「それで百万ってこと？　なんと、贅沢だわねぇ」

うらやましがっていると思われないよう、弥生は少しふざけてみせる。こうばしいチーズの匂いが狭いダイニングキッチンに漂っていた。

「カーニバルの季節ってさ、ホテル代が跳ね上がるんだって」

そりゃそうだろう、と思ったけれど弥生は口にはしなかった。

「しかもさ、清子おばさん、飛行機、ビジネスクラスにしようって言ってるから、そうしたら、ひとり百八十万円くらいになるわけ。わたしと清子おばさんで三百六十万だよ、三百六十万！」

どんどん自慢げな口調になる妹に弥生はイライラしつつも、

「車とか、余裕で買える金額じゃん」

笑ってみせたのだった。

今頃、ふたりは市内観光でもしているのだろうか。

別にブラジルに行きたかったわけじゃない。治安も心配だし、どんなものを食べるのかもわからない。弥生には少し潔癖症なところがあった。行き先がどうこうというより、ひとり百八十万円もするツアー旅行だということがおもしろくないのである。妹のひな子に百八十万円を使うのなら同じぶんだけ姉のわたしにもなにかで使ってもらいたいと思う。清子おばさんは、わたしではなくひな子を旅行に連れて行った。わたしでもよかったのか。それとも、ひな子がよかったのか。ひな子は派遣期間が終わったばかりで次の派遣先がまだ決まっていなかった。だから、旅行に誘いやすかった。もしかすると、それだけのことなのかもしれない。うじうじとこだわっている自分に弥生は遣《や》り切れないでいる。

レンタルDVD店のラブ・コメディコーナーを曲がり、SF映画の棚のほうまで歩いたところでスマホにメールが届いた。尾上直子《おがみなおこ》からだった。

ドトールコーヒーの入り口近くの席に尾上直子は座っていた。うつむいてスマホをいじっている。髪のボリュームが少なくなっている彼女のつむじを見て、今夜からお風呂で頭皮マッサージをしっかりやろうと弥生は決意した。

「直子さん」

弥生が声をかけると、

「ごめんね、忙しくなかった？　大丈夫だった？　疲れてない？」

直子はあいかわらずの早口で申し訳なさそうに言った。

「平気、ちょっとコーヒー買ってくる」

バッグを席に置き、弥生はカウンターへ向かう。手にしたコーチの財布は角がはげてきている。が、これも来週までの辛抱である。ブラジル土産はなにがいいかとひな子に聞かれ、財布を頼んでおいたのだった。

そういえば、直子さんに、もう敬語を使ってない。直子はもうすぐ四十七になるはずなので、八歳上である。こんなに年上の友達がいるのが弥生には不思議だった。中学時代の部活では、一学年上なだけで先輩たちはあんなにいばりちらしていたというのに。大人になったのだ。

コーヒーをトレーにのせ、直子の向かいに座る。

「春っぽくなってきたね。あれ？　メガネ、いつもと違う？」

弥生がそう言ったとたん、直子の目はみるみる真っ赤になった。

「そうなの、昼間ね、転んだときにひびが入っちゃって。だからね、これ古いやつ。突き飛ばされたの、今日、おじいちゃんに。ほら、前に話してた気難しいほうのおじいちゃん」

「突き飛ばされたって、えっ、大丈夫!?」

弥生が身を乗り出すと、

「大丈夫、大丈夫、けがとかはなかったから。ごめんね。でも、なんかさ、虚しくなってきちゃってさ」

かばんからハンカチを取り出しかけたとき、直子のスマホにメールが届いたようだった。ごめん、ちょっと、と画面を確認すると、直子はすばやく返信した。

「息子から。晩メシなに？　だって。もう高校生なんだし自分のご飯くらい自分でやって欲しいわよ。わたしのこと料理人のおばさんくらいにしか思ってないんだから」

泣くタイミングを逃し、直子は照れたような顔になっている。

介護ヘルパーの資格を取るための講習中に、唯一、弥生が親しくなったのが直子である。帰る方向が同じで自然にしゃべるようになった。「こういう職業こそ、仲間の存在が大きいんです」と講師が言っていた意味が理解できたのは、あとになってからのことである。仕事で訪問先に行くときはひとりなのだから、仲間と言われても、正直、弥生にはピンとこなかった。しかし、実際に働き始めてみれば、直子の存在に何度となく助けられている。今日はこうして直子の話を聞いてはいるけれど、また近いうちにここで直子に聞いてもらわないとやっていけないようなことが起こるに違いなかった。

「でも、なんで突き飛ばされたの？　いきなり？」

弥生はコーヒーをすすった。

「いきなりってわけじゃないの、その前に、スポンジがないって、おじいちゃん言い出して」

「スポンジって、お皿洗う、あのスポンジ？」

「そ、あのスポンジ。ないないって言い出して。それで、どこ行ったんでしょうね、一緒に探しましょうねって、ふたりで探したの。もう、全部見たんだから、部屋中。ベッドの下まで見たんだけど、でも、ないわけ」

店内には夕日が差し込んでいた。テーブルの上のコーヒーカップの輪郭が濃く見える。きれいだ、と弥生は思った。

「それで？」

弥生は視線を直子に戻した。

「お前が盗んだんだろ、だって」

「スポンジを？」

思わず吹き出した弥生を見て、直子もつられて笑った。

「人んちのスポンジなんか誰がいるかって。盗んでませんって言ったら、じゃあ、なんでないんだって、おじいちゃん、怒って突き飛ばしてきたんだ」

長身の直子は、いつも少し猫背ぎみである。

「ひどいね、それ」

「痛いとかどうとかより、わたし、もうびっくりして。おじいちゃんにこんな力があったんだって。男の人っておじいちゃんになっても、結構、力、あるんだよねぇ」

直子はつづけた。

「わたしが転んだ後も、おじいちゃん、カンカンに怒ってるし、しょうがないから帰ったの。もともと血圧高いほうだし、興奮させるのもよくないし」

「事務所に連絡した？」

弥生と直子の家は地下鉄で二駅ほどの距離なのだが、登録しているヘルパーステーションは別々である。

「したよ。それで、向こうに事情を説明してくれて、結局、今日はお嫁さんが仕事早退してご飯作りに行ったみたい。お嫁さんも大変だと思うな、あんなヘンクツじいさん」

直子はコーヒーカップを包むように両手で持ち上げた。祈っている姿のようにも見える。全世界ではなく、半径十メートルの世界のために。

「え、それでメガネは弁償してくれるの？」

弥生は、自分が本当はこのことを真っ先に聞きたかったように思えた。

「今、確認してるとこ」

「そうか、大変だったね。でも、けががなくて本当によかったよ。もう、そこのお宅、替えてもらったら？」

弥生自身も、一度、ヘルパー先を替えてもらった経験があるし、利用者から交代させられたこともある。仕事とはいえ互いに相性もあった。

「そうなんだけどねぇ。でも、そのおじいちゃん、これまで何回もヘルパーさんから断られてて。なんかね、ちょっとかわいそうな気もしてるの」

うるんでいた直子の瞳も、すっかり乾いている。落ち着いてきた直子とは反対に、弥生は腹を立てていた。どんな状況であっても、突き飛ばすなんてひどいじゃないか。

「機嫌のいいときは、おじいちゃん、いいとこもあるのよ。庭のお花をわざわざ切って持たせてくれたりさ。鳥好きで、鳴きまねしてくれたりね。それが上手なの。そういうの見てると、案外、昔は、おとなしくてやさしい子供だったんじゃないかなぁって、思うこともある」

直子のような慈悲深さが自分に希薄なのは、やはり子供を産み育てたことがないせいなのだろうか。こんなとき弥生はついそう思ってしまう。子供でもいれば……もしかすると離婚もしなかったのかもしれない。あのとき夫をあれほど責め立てたりしなかったのかもしれない。

直子には大学生と高校生の息子がいるのだが、彼らに話しかけても必要最小限のことしかしゃべらず、それは夫も同じらしい。「でもね、やっぱり血なの。やっぱり息子が一番かわいいの」と直子がしょっちゅう言っているのを聞くと、弥生は自分も息子を、子供を産まなければと焦ってくる。

けれども、三十代も後半になり、生理の周期が乱れてきた。経血の量も減っている気がする。おまけに職場は老人ばかり。

となると、もはや必要なのは、血でも、出会いでもなく、お金ということになる。

今さら実家に出戻るなど、考えただけで弥生は気がめいった。そうなれば、ゆくゆくは自分ひとりの肩に親の介護がのしかかってくるだろう。職場でも高齢者、家でも高齢者。未来には暗雲が立ちこめている。

「弥生ちゃんは、どう？　最近うまくいってる？」

親が死んでからはもう誰にも名前で呼ばれなくなった。いつだったか直子が言い、それまで「尾上さん」だったのを、弥生は「直子さん」に変えた。流れで直子には「弥生ちゃん」と呼ばれるようになっている。

「うん、まぁ、なんとか、今は」

「そう。でも、なんかあったら、いつでも話聞くからね。今日はごめんね、急だったのに、ありがとね。弥生ちゃんに聞いてもらってちょっと楽になった。ごめん、わたし、そろそろ行かなきゃ。ダンナは適当でいいんだけど、息子のご飯作んないと。よく食べるから食費たいへんよ」

そう言って直子がコーヒーを飲みほしたので、弥生もあわててカップを持ち上げた。

直子と別れてすぐ、弥生は駅前で蕎麦《そば》を食べた。本当は自炊したい、と強く思っている。料理上手と言えるほどの腕前ではないが、後片付けは嫌いじゃない。よくしぼった布巾で、シンクまわりや、油の跳ねたガスコンロをきゅっきゅっと磨き上げると、えも言われぬ充実感が得られた。反面、その一連の流れをすべてやり終えなければ気が済まないのだから、自然とキッチンから遠のいてしまう。適当に掃除するくらいなら使いたくない。かといって、ひな子のように弁当を買って帰り、ゴミを増やす気にもなれなかった。

コンビニに寄り、気休めに野菜ジュースを買う。レジに立つ店員の若い女の名札には「くぼ」と書かれている。久保と久保田。「田」が付く自分のほうが、クラス名簿では後ろになるのだと知ったのは小学校入学の日で、なぜだか無性に悲しかったのを弥生は鮮明に覚えている。結婚を機に名字が変わったけれど、それもあまり長い期間ではなかった。

こぼれ落ちている気がする。

なにが？　わたしの、人生が。ははっ、だだ漏れじゃん。無意識に笑った弥生を、レジの「くぼ」が不思議そうに見た。

支払いを終えると弥生は雑誌コーナーに向かった。サラリーマンがふたり、漫画を読んでいた。弥生は目の前の女性誌をつまみ上げ、祇園祭の楽しみ方という特集を流し読みする。失敗しない美人メイク術と、今年こそ仕立てたい大人の浴衣と、韓国おすすめ雑貨店の記事にも目を通した。

今、読んだものを自分の人生に取り入れ、役立ててみたいと思う。けれど、それは明日でも、一ヶ月後でもなく「いつか」でしかなかった。わたしは永遠にこない「いつか」の中で生き、ひからびて人生を終えるのかもしれない。

弥生が介護ヘルパーの仕事を始めて半年になる。もう少し件数を増やしませんかと、ヘルパーステーションからは声をかけられている。増やせなくはない。今は週五日、四人の高齢者宅に通っているが、ひとりひとりの利用時間は長くはない。同じ時期にヘルパーを始めた直子は、弥生の三倍の仕事をこなしていた。

わたしが、自分の人生に臨場感が持てないでいるのは清子おばさんがいるからなのかもしれない。

あれは何歳くらいのときだっただろう。小学校に上がる前だったか。清子おばさんがつけていたパールの指輪を、小さな指にはめさせてもらったことがあった。清子おばさんは、似合う似合うとほほえんでいたが、「いつか弥生ちゃんにあげるからね」とは言わなかった。わたしはそう言わせたくて、わざと指輪をつけさせてもらったような気がした。もしそうなら、なんていやな子だったんだろう。

雑誌を棚に戻し、弥生はコンビニの出口に向かう。自動ドアが開き、勢いよく入ってきた若い女のナイロンバッグの角が弥生の手に当たった。とっさに出た「痛っ」という言葉は、完全に無視される。

弥生の手の甲には赤い線がうっすらとついた。皮が剝けたわけでも、血が出たわけでもない。傷とは呼べないかすかな線。

女は化粧品コーナーに歩いていった。ショートパンツから伸びる脚がすらりと長い。ヒールに鉄のトゲのようなものがびっしりとついたブーツを履いている。

武器か？

弥生の足元は、弱々しいスニーカーである。

店の前に止めていた自転車にまたがり、弥生はペダルを踏み込む。

宵の口の空には、か細い三日月が見える。バス通りの道はマンションが並び、一階には小さな飲食店がぽつぽつとある。昔ながらの布団屋やガラス屋は早々に店じまいを終え、開いている花屋の店先には春の花が並んでいる。

スマホをのぞきながら歩いている女子高生を追い越し、コンビニ弁当の袋を揺らすサラリーマンを追い越し、ギターケースを背負った革ジャンの男を追い越す。家に帰る人々の背中である。

さっき、コンビニでバッグをぶつけられたことに弥生はどんどん腹を立てていた。

あの女はどうして謝らなかったのだろう。

普通、謝るよなっ、謝るべきだよなっ、なんなのだ、なんなんだよ、ぶつけておいて無視かよ、あのバカ女、トゲ女、死ね、今すぐ死ね。自転車をこぎながら、心の中で悪態をつく。女のあとを尾《つ》けて家をつきとめ、窓ガラスに石を投げ込むところを思い浮かべてみたら、怒りは収まるどころか、からだ中に拡散していった。無益で幼稚な想像だった。

手の甲の赤い線はすぐに消えてなくなるだろう。だからなんなのだ。消えてしまったものは、なかったのと同じなのか？ それなら、わたしの人生も白紙に戻せるのか？

世界はそういうふうにできてはいない。

あの若い女からすれば、わたしは謝るに値しない存在だったのだろう。もはや街の風景のひとつなのだ。ポストとか、植え込みの木とか、電信柱とか、その手のもの。普通の服を着て、普通の化粧をして、普通のヘアスタイルをしている、普通の女。

「謝んなさいよ」と言ってやれば気が済んだのだろうか。その代償として明日からあのコンビニに行きづらくなるはずだが、それでも、そうしたほうがよかったのか。軽く見られるのは悔しいが、弥生は自分の気の弱さもわかっている。もうひとつあるセブン－イレブンは駅の反対側で、わざわざそちらに行くのもばかばかしい。

交差点の手前で信号が赤になった。自転車の女が信号を無視して渡って行った。さっき、コンビニでぶつかってきた女だった。

あとを、尾けてやろう。

弥生はハンドルを強く握った。街灯に照らされた道路脇の真っ赤なポストが、「行け、行け、」と叫んでいる気がした。

2

ここ数日のうちに浮上してきた石岡という男について、ひな子は考えていた。初日のリオ市内観光を終え、シャワーを浴びたところである。

ホテルの部屋からはコパカバーナ海岸が見渡せる。白いビーチも海岸沿いの道路も味気ないほどすっきりと整備されていて、中央分離帯のヤシの木がなければ日本の海水浴場のようでもある。

空には厚い雲が覆いかぶさっている。わずかな隙間から淡いピンク色の夕日が差していた。

ひな子がはじめて石岡に会ったのは、二年前、派遣会社での面接だった。

「こちらにどうぞ」

大男に案内されパーティションで仕切られた席に着くと、そのまま男が向かいに座り面接を始めた。それが石岡だった。

これまで登録していたような大手の派遣会社ではなかった。ビルのワンフロアを使ってはいたが、そのビル自体もこぢんまりとしていた。気負いがなかった。そういうところを探したのだ。

なにを聞かれたのだったか。持っている資格について、といってもパソコンのエクセル2級以外にはないのだし、病院で働いていた頃のことを話したのかもしれない。

大学を卒業後、ひな子は地元の総合病院で事務職についた。

小学校の卒業文集に将来の夢を「普通の会社員」と書いたクラスメイトがいて、なんだそれ、と思ったけれど、結局、彼は正しかった。幼い頃から目指していなければならなかったのだ。ようやく仕事が決まったとき、契約でもなんでもいい、社員と名のつくものになれることに、ひな子は心から安堵した。

「独身の先生もいるんでしょう？」

母にはいくどとなく詮索され、または期待されつづけたが、働き始めてみればそれどころではなかった。

ボスザルのような女が小さなサル山を支配していた。ひとりだけ土産の菓子を配らない、というような、わかりやすい嫌がらせを受けていたのはひな子ではなく先輩だったが、毎朝、仕事に行く足取りは重たかった。事務室の隅に置かれていた観葉植物でさえ、彼女に遠慮して立っているように見えたものだった。

あらゆることにうなずき、目立たず、若い男の医者や、ベテランの看護師たちと親しくしさえしなければ、ボスザルは誕生日にマグカップをくれたりもした。

屈していた自分を今でも情けなく思う。だからといって、なにをどうしていればよかったのか。

そんな話をまさか面接でしたということもないだろうから、もっと好感の持てる話をしたに違いない。御社のようなアットホームな雰囲気の派遣会社のほうが自分には合うと思いまして、とか。

面接中、石岡が言ったことをひな子はひとつだけ覚えていた。

「いい人材は、うちの会社で正社員としてスカウトすることもあります」

いまだ声がかからないということは、わたしはそれではないわけである。

ひな子は大きなため息をついた。ひたいを押し当てた窓ガラスは、ため息の量だけ曇るとすぐに透明になった。開いたままのスーツケースからは、さっき掻き回したせいで着替えのTシャツの袖がだらりと垂れている。

夕暮れのビーチは人影もまばらだった。身を守るように屋台が集まって営業している。

「死角から、ひょいっと強盗が出てくることもありますから、暗くなってからは海辺には近寄らないでください」

バスの中でガイドが言っていた。日本人には危機感がない、とも。クーラーの風がさらりとしている。軽く髪を乾かしTシャツと短パン姿になると、ひな子はベッドに倒れ込んだ。

平らな場所で横になるのは一日半ぶりである。

喉が痛い。本格的に風邪なのかもしれない。夕食まであと二時間あるが、無理にでも眠ったほうがいいのだろうか。しかし、一旦眠ってしまうと起きられないような気がする。

「あ、そうだ」

ひな子は起き上がり、テーブルの上の絵はがきを手にすると再び寝転んだ。表面がてらてらと光った絵はがきには、ブラジルの観光名所の写真が詰め込まれている。

石岡さんに絵はがきを送ってみてはどうか。

ひらめいて、さっきホテルのフロントでもらっておいたのである。絵はがきをうちわがわりにして、ひな子は顔のまわりに小さな風を作った。

石岡が、昔、南米を旅したことがあるという話を聞いて以来、彼の存在感が日を追って増している。普通の絵本が飛び出す絵本になっていたみたいに。

メールアドレスは知っている。風邪で仕事を休むようなときは、職場と派遣会社、両方に連絡を入れるのが決まりなのだ。ひな子の担当はずっと石岡だから何度かメールをしたことはあるのだが、海外旅行先からよもやま話を送るほどの仲ではもちろんなかった。

（石岡さん、お元気ですか？　今、ブラジルにいます）

ベッドに寝転んだまま、頭の中でメッセージを書いてみる。

ない。

あり得ない。

お元気ですか？　ってなんなのだ？　間違いなく、のん気すぎるだろう。「寒中見舞い」のような大義名分でもあればよいのだが、今はもう三月だし。

いや、そんなことより、職場に送るのだから、（お世話になっております）と始めるのが基本ではないか。


（いつもお世話になっております。今、ブラジルにいます）


ひな子は目を閉じる。

（南国のフルーツはとてもおいしいです）

（見たこともない黒い鳥が、リオの空を飛んでいます）

（今度、石岡さんの南米のお話をうかがってみたいです）

昼間に登ったポン・デ・アスーカルという、丸い岩山。海が見渡せた。キリスト像が見えた。大きな木にアボカドがなっていた。他になにか思い出そうとしても、ひな子の記憶は途中から小学生のときに遠足で登った地元の山とごちゃまぜになっていく。

どんぐりをたくさん拾った。

倒れた木の幹に座ってお弁当を食べた。

みんなで大縄跳びをした。

先生も楽しそうだった。

帰りの山道で転んだときのけがが今でも左のすねに残っている。

夢。あの頃のわたしの夢ってなんだったんだろう。

プルルルルという電話の音にひな子は飛び起きた。しまった、寝過ごしたか！　枕元の受話器に手を伸ばし、「あ、はい、すみませんっ」反射的に謝る。聞こえてきたのはのんびりとした清子の声だった。

「やぁね、ひなちゃん、寝てたの？」

「あ、ははは、うん、寝ちゃってた、ああ、びっくりした」

ひな子は時計を見て、自分が二十分ほど寝ていたことに驚いた。一瞬のことのようだった。

「ね、ひなちゃん、ちょっとスーパー行ってみようよ」

そういえばホテルの近くに地元のスーパーがあると、さっき添乗員が説明していた。ばらまき用のお土産が買えるらしい。行くなら日が沈む前がよいとも。このまま部屋にいたら本格的に眠ってしまいそうだった。

「うん、行きたい」

飛び起きたせいでひな子の鼓動はまだ少し速かった。

「じゃあ、十五分後にロビーね」

清子が電話を切りかけたので、ひな子はあわてて止めた。

「あっ、あっ、清子おばさん！」

「なあに？」

「観光客は狙われるから、地味にしてきたほうがいいかも」

「オッケー」

清子は笑って電話を切った。

＊

娘たちのことを考えると久保田淑江《よしえ》は不思議でならなかった。そろって男運がない。

「どうしてかしら」

うどん鉢をキッチンの洗い桶につけながら淑江は首をかしげた。

長女の弥生は夫の浮気でもめて離婚したし、次女のひな子はいまだかつて恋人を連れてきたこともない。

親の贔屓目《ひいきめ》と言われればそれまでだが、ふたりとも取り立てて器量が悪いわけではないように思えた。

淑江はシンクに寄りかかる。昼食は麺類が多い。今日は夫の和雄《かずお》が食べたいと言うのでカレーうどんを作った。「ちょっと寝る」と二階に上がっていく和雄は、寝間着のスウェット姿である。

弥生が夫の転勤で仕事を辞めたのは仕方がないとしても、ひな子は一度も正社員になれず、今は派遣社員らしいが、年齢が上がれば仕事がまわってこなくなることくらいわたしにだってわかるというものだ。おまけに通勤が便利だとか言って、弥生のマンションに転がり込んだままである。

カレーの油のせいで、うどん鉢がまだぬるついている。淑江はもう一度スポンジに洗剤を含ませた。スポンジの端がほろほろと崩れかかっている。今日あたりスーパーの帰りに百円均一の店に寄ろう。洗濯バサミも足りなくなっているし。

弥生も弥生である。

離婚まですることもなかったのではないか。夫はそこそこ名の通った会社に勤め、給料もきちんと入れていたのだ。浮気相手が弥生の友達だった、というのは確かにひどい話ではある。それにしたって土下座までして謝ったというのだから、話くらい聞いてやればよかったのである。

慰謝料として住んでいたマンションをもらったと弥生は息巻いていたが、月々の管理費や修繕積立費だってある。この先ずっと姉妹ふたりで暮らしていけるわけもなかろうに。とはいえ、育て方が間違っていたか否かという意味では、わたしはよくやった、がんばったのだ、という自負が淑江にはある。

やりたいと言った習い事はやらせてやった。家計を切りつめた時期もある。弁当屋のパートにも出た。無理もしたのだ。弥生はスイミングと習字。ひな子はダンスとピアノ。結局、なにかの役に立つほどにはふたりともつづかなかったけれど。

「ひな子、今頃、どうしてんのかしら」

まったく、ブラジルだなんて。なにかあっても遠すぎてすぐには迎えにも行けない。百八十万円などとそんな高額な旅費をポンと出してしまう清子も清子だ。一度だって、姉のわたしを海外旅行に誘ったことなどないくせに。

かといって、淑江は海外に行きたいとも思えないのである。

言葉の通じないところでうろうろするなんてゾッとするわ。

食器を洗い終えると淑江はやかんを火にかけた。キッチンの窓ががたがた鳴っている。春一番が吹くかもしれないと今朝のニュースで言っていた。

海外旅行に百八十万も使うくらいなら。そんなお金があるんなら。

考えてみても思い浮かばない。

お金をかければ、わたしだって清子のようにあか抜ける。

淑江には、そうは思えなかった。

清子は子供の頃から「カン」が良かった。おさがりの服の中からでも上手に組み合わせていたし、いくら母に諭《さと》されてもかたくなに袖を通さない服もあった。並んで撮った写真は、どれも清子のほうがこざっぱりして見えた。そろって安物の服を着ていたというのに。

「デパートの人が洋服とか靴とかいろいろ持って、清子おばさん家《ち》に来るみたいだよ」

いつだったか、ひな子が言っていた。

あれは一体、どういう意味なのだろう。家で試着をして、気に入れば買うということなのか。まったく。お姫さまじゃあるまいし。

ピーッと鳴る寸前で、淑江はやかんの火を止めた。インスタントコーヒーをカップに入れ、熱湯を注ぐ。カーディガンの袖口にできている毛玉に気づき、二つ三つつまむと流しの三角コーナーに捨てた。

幸せじゃないわけじゃない。夫の和雄は定年まで勤め上げた。娘たちにしたって、やさしいところもたくさんあるのだ。去年の母の日にはふたりで洒落た老眼鏡を贈ってくれた。清子が自分と同じようにつつましい人生を送っている妹だったならば、この幸せは今よりもっと鮮明であるに違いない。

淑江は想像してみる。歳を重ねた姉妹の気楽な旅行。倉敷あたりもいいかもしれない。ちょっと奮発してグリーン車に乗ろうよ、なんて言って。車窓を眺めながら、子供時代の答え合わせに花を咲かせる。

ふたりでよく遊んだ郵便局の裏の公園には赤いシーソーがあった。大きな砂場も。砂山を両側から掘り進め、トンネルの真ん中で手が触れ合ったときのくすぐったさ。夫とも、娘たちとも分かち合えないいたいけな思い出。

淑江は立ったままコーヒーを一口飲んだ。毎日掃除をしてきたはずなのに、タイルの目地には取れない油染みがあった。

キッチンの小さな窓からは、シマトネリコの木が見える。ふさふさとした葉が風に揺れている。今年もまた初夏には白い小さな花を付けるのだと思うと、いくぶん気持ちが明るくなった。淑江はこの木が好きだった。たとえそれがお隣りの庭の木であったとしても。

＊

なぜ、深紅のジャケットなのだ？

なぜ、そんなに大きな金のピアスをつけてくるのだ？

ひな子はあっけにとられる。地味にしてこいと言ったのに、ロビーにやって来た清子は普段とまったく変わらない装いだった。唯一の救いはポシェットを斜め掛けにしてきたことである。

「おまたせ」

清子はサングラスをかけ、ゆったりとほほえんでいる。くちびるの形がいいから強い口紅がよく映える。ジャケットの色とそろえているのだ。

「ひなちゃん、ごめん、ちょっと一本」

清子が表の喫煙コーナーでタバコを吸い終えるのを、ひな子はソファに座って待った。

きれいな人だな。

ガラス越しに清子を見てひな子は改めて思う。とてもきれいなのに不思議と年相応に見える。今は六十五歳の美人だし、十年前は確かに五十五歳の美人だった。そして、それは周囲の人々をやんわりとくつろがせた。

何歳かよくわからない人は怖い。見えていない世界に引きずり込まれそうで。

清子おばさんを「おきれいですね」と言う人はたくさんいるが、「お若く見えますね」と言っている人に会ったことがない。

初日だというのに、清子はすでに団体ツアーの中心人物になりつつある。

バスの中で、

「あぁ、おなか減った、小野田さぁん、ご飯まぁだ？　もうおなかペコペコよぅ」

ハスキーな声で懇願するだけで、車内にどっと笑いが起こる。添乗員の小野田も、

「あら、やぁだ、松下さん、もうちょっとお待ちになって」

と、清子のわがままを楽しんでいるようだった。

姉妹でもずいぶん違うものだ。ひな子は自分の母親を思った。母ならこれからスーパーに行こうなんて絶対に言わない。危険だからと自由時間もホテルから一歩も出ないはずだ。かといって、清子のような母親がよかったのかというと、それも少し違う。

成田空港から「それじゃあ、行ってくるね」と電話をしたときも、誰に聞いたのだか、

「バスの中に強盗が乗り込んでくることもあるんだって」と、この期に及んでブラジル行きをやめさせようとしていた母。ぶっきらぼうに電話を切ったことを思い出し、ひな子は今になって後悔する。

夕バコを吸い終えた清子が、おいでおいでと外から手招きしていた。

ふたりは並んで海岸通りの道を歩いた。

「また、飛んでるね、あの黒い鳥」

「コンドルだって。クロコンドル」

清子がさらりと答えた。

スーパーはすぐ近くだった。狭い通路に、肉や野菜、菓子、日用品、酒類までぎっちりと並んでいる。

「すごい、なんか、うきうきする！」

ひな子は入り口に積んである買い物カゴを手にした。清子は手ぶらのままふらっと奥まで歩いて行った。

ビスケットやキャンディ、ティーバッグのマテ茶を二、三個ずつカゴに入れる。三万円分をブラジル通貨のレアルに両替したものの、使うのはこれがはじめてだった。

「あ、なんか、かわいい」

陳列棚にきゅうきゅうに押し込まれている即席麺も五袋ほどカゴに放り込んだ。

高校や大学時代に仲が良かった友人たちとも、今ではほとんど会っていない。土産を買う相手が減っていく。変化がないと思っていた日常は、目には見えない小さな穴から漏れてしぼんでいる。

石岡さんになにか買って行こうかな。

「ブラジルはチョコレートもおいしいですよ」

添乗員の小野田が言っていたのを思い出し、ひな子は動物の絵が描かれた板チョコに手を伸ばした。

＊

「コウちゃん、ご飯できたよ！」

その声は普段の弱々しさから一転し、朗らかで、力強い。

しかし、二階からはなんの返事もない。誰もいないのだから当たり前なのだが、富美《ふみ》の口調があまりに自然なので、弥生はつい耳を澄ませてしまう。

「あの子、なかなか起きてこないの。毎朝、起こすのが大変」

「まだ若いから、よく寝るんですね、コウちゃんは」

弥生の言葉に、「そうなの、困ったもんだわ」と富美がうなずいている。まもなく正午になろうとしていた。

半年前、弥生がヘルパーとしてはじめて訪問したのが柴下《しばもと》富美の家で、以来、週に二日、通っている。来月八十一歳になる富美は認知症はあるものの、今のところヘルパーやデイサービスを最大限に利用し、日常生活はひとりで送っている。夜は隣り町に住む弟夫婦が様子を見に来ているらしかった。夫を早くに亡くした富美には、娘と息子、ふたりの子供がいるのだが、名前を呼ぶのはいつも息子の「コウちゃん」ばかりだった。富美にとって「コウちゃん」は、小学生のときもあればもう少し大きいときもある。今日の感じからすると朝寝坊の高校生というところだろうか。

「ね、ちょっと、あなた、コウちゃん、起こしてきてくれない？」

食卓についた富美が申し訳なさそうに弥生に言う。弥生のことはお手伝いに来てくれている人という認識はあるようだった。

「ほら、わたし、膝が痛いもんだから」

「じゃあ、ちょっと見てきますね。富美さん、ご飯、先に食べててくださいね」

さっさと鍋を洗ってしまいたいところなのだが、弥生は濡れた手をタオルで拭いて階段を上がった。

二階は、今は物置になっている。開けっ放しのふたつの和室のうち、右手が「コウちゃん」の部屋だと推測できるのは、左の部屋の窓にかかっているカーテンがピンクの花柄だからである。こちらが娘の部屋だったのだろう。娘といっても富美の年齢を考えれば弥生より年上のはずである。

「コウちゃん」の部屋には、数個のダンボール箱の他に、釣り竿や丸めたポスターの束、大きなスーツケースの後ろにはレコードが入ったままのプレーヤーが見える。もう一方の部屋には来客用の布団や座布団が山になっており、長く日にあたっているせいで片側だけが白茶けていた。

ふたつの部屋の間にある、板張りの短い廊下には、うっすらとほこりの膜が張っている。静かだった。思い出や時間までもが、ほこりの下でからからになっているようだった。

もし、わたしがカメラマンなら、こういう風景を撮るのかもしれない。

カメラマンに憧れたこともないのに、ここに立つと弥生はそんなふうに思う。

「まだおなか減ってないんですって」

階段を下りながら弥生は明るい声で言った。一階にはキッチンと八畳ほどの洋間。ふすまの奥の和室が富美の寝室になっている。風呂とトイレは廊下の奥の北側にあった。散らかっないが、総じてものが多く、「うるし（赤）」とか、「節句」とか、「父・工具」などと手書きのラベルが貼られた箱が、冷蔵庫や食器棚、箪笥《たんす》の上に隙間なく積まれている。

富美は洋間の食卓に腰掛け、膝の上で小さな手をこすり合わせていた。食事には箸をつけないままだ。どんな料理を並べたとしても、富美には、量の多いほう、かたちの良いほうが「コウちゃん」でなければならなかった。

「あら、そう……じゃあ、わたしも後にしようかしら」

富美が心配そうに二階を見上げる。

「コウちゃん、先に食べてて。さ、富美さん、ご飯、冷めちゃいますよ」

弥生は富美の背中をそっとなでた。薄い背中である。子猫を抱き上げたときみたいな弱々しい骨の手触りがする。濃い味が好きな富美だが、血圧が高いので塩分は控えめにするようヘルパーステーションからの指示が出ていた。

「コウちゃんの分はラップして、冷蔵庫に入れておきましょうね」

カラスガレイの煮付けと、ピーマンのきんぴらが入った器にラップをかけ、弥生は流しのほうへ持っていった。一食をふたり分に分けているだけで、このやり取りが済むと弥生はいつも見えないようにラップをはがし、作りすぎちゃったからもう少し食べてくださいね、と富美の皿に「コウちゃん」の分を戻すのだった。

「わたし、お風呂のお湯抜いてきますね」

洗い残していた鍋の片付けを済ませ、弥生はばたばたと風呂場へ向かった。振り返ると、ひとり昼食を食べ始める富美の横顔が見えた。ようやく三月に入ったものの、部屋の中は底冷えし、富美は電気ストーブを背負うように座っている。

食事のときくらいは話し相手になりたいと弥生は思う。しかし、買った洗剤や調味料を片付け、特売だったひき肉も小分けにして冷凍しなければならない。富美の介助プランでは、買い物、昼夜二食分の調理、風呂、トイレの掃除を百分でこなすことになっている。時間が余るということはなく、まして、使っていない二階の廊下を掃除する余裕などあるはずもなかった。

「ドリンクバーで」

アルバイトの若い店員に言った声が母親に似てきた気がして、弥生は「ン、ン、」と喉を整えた。

富美の家を出た後、一旦家に戻って昼食をとり、三時から別の利用者宅で部屋の掃除を済ませると弥生の今日の仕事は終わりだった。その足で駅前のコンビニに寄ってレポート用紙を買い、近くのファミレスに入ったところである。空いていたので窓側の広い席を選んだ。日ごとに昼が長くなっている。横断歩道の向こうでは、小学生たちが吸い込まれるように学習塾に入っていくのが見える。気の早い居酒屋の店先には、造花の桜が飾られていた。

ホットコーヒーをいれて席に戻ると、レポート用紙をテーブルに出す。こんなものを買ったのは学生のとき以来かもしれない。最初のページをてのひらでそっとなぜると、懐かしい紙の冷たさがあった。

あれは、いったい、なんだったのか。

弥生は、まだゆうべの自分の行動を飲み込めないでいる。コンビニでぶつかってきた若い女を尾行したのだ。ショートパンツから伸びた脚が自慢げだった女。

自転車のライトをつま先で消し、女の後を追った。

ぶつかられても無視されることなど、過去にごまんとあったではないか。いったい、なにをやってるのだ？

冷静になろうとする自分を振り払いながらペダルを踏んでいた。不動産屋の角を曲がって細い路地に入ると、街灯の数が急に少なくなった。道の左右には民家が並んでいた。ビニールシートで覆われた建設中の家の前を道なりに左折すると、女は急にスピードを落とし、古びたアパートの入り口で自転車を止めた。弥生は素知らぬ顔でその横を通りすぎ、女が部屋に入っていくのを生け垣の陰から確かめた。二階の一番手前の部屋だった。ファミレスの若い男の店員が伝票をテーブルに置きに来る。「ごゆっくりどうぞ」と言い終える前に、もう後ろ姿になっている。

言われなくてもゆっくりするつもりだった。今夜もひとりなのだ。一週間もひとりきりでいるなど、三十九年の人生ではじめてかもしれない。実家暮らしから結婚し夫婦ふたり暮らし。離婚後は、すぐに妹のひな子との同居が始まり、その妹は、今、叔母の清子とブラジルである。

スプーンの先がカツカツと皿にあたる音が店内に響いている。奥の席で、スーツ姿の初老の男がカレーを食べているのが見えた。

尾行はあっけないほど簡単だった。郵便受けになにか入れてやろうかと弥生はとっさに考えた。土とか。もしくは雑草だとか。近くにありそうなのはそんなものだった。しかし、それであの女になにが伝わるというのか。人にぶつかっておいて謝らないからお前はこんなことをされるのだ、と？ まさか、土や雑草で改心するはずもない。

誰かに見られて通報される可能性もなくはなかった。警察沙汰にでもなったら母は嘆き（父は予想がつかない）、妹には呆れられ、別れた夫は別れてよかったと安堵するだろう。

別れた夫……。

思い出すことも少なくなった。しかし、うっかり思い出して腹を立て始めると、死んでいてくれればいいのに、と熱くなる。

弥生はファミレスのテーブルに頬杖をつき、窓の外を見る。相変わらず、小学生たちが学習塾に飲み込まれている。

結局、ゆうべ弥生はなにもせず、数ブロック先の自宅マンションに戻った。それでも、よほど興奮していたのか、駐輪場からエレベーターで五階に上がり自宅の鍵を開けるまでの記憶が抜け落ちていた。

弥生はレポート用紙の一行目に、

1　尾行

と書いてみた。

ひな子がブラジルに行っている間、毎日、なにかひとつ新しいことをやってみるのはどうか。ふと、思いついてレポート用紙を買ってみたのだった。昨日味わった要領を得ない「達成感」のようなものに自分は誘発されているのだ、と弥生は思う。でも、それも悪くない気がした。

「弥生ちゃん、なんか、昨日と感じが違わない？」

直子に言われ、弥生は飲んでいたビールにむせた。

「ちょっと、大丈夫？」

直子はすばやく立ち上がり、弥生の背中をさする。さすりながらも、空いている左手で自分のバッグの中のティッシュを探している。

「ごめん、なんか、気管に入った」

しばらく咳き込み、落ち着いてから、「別に、なんにもないよ」と弥生は笑ってみせた。

ゆうべ見知らぬ女を尾行した、などと言えばドン引きされるに決まっている。

駅裏の安い居酒屋は仕事帰りのサラリーマンたちで混み合っていた。店員たちはそろいのTシャツを着て、頭にバンダナを巻いている。奥の座敷席には宴会の準備が整っていた。あそこが埋まるとうるさくなりそうだな。弥生は、四台のカセットコンロにアルミ鍋がのせられているのを見て思う。

「なんともないならいいの。ほら、なんかこの仕事してると、目の前にいる人の体調とか、機嫌とか、そういうのに敏感になっちゃってるじゃない？　なんかあったのかと思って」

ビールジョッキの水滴をおしぼりで拭き取りながら、直子があいかわらずの早口で言う。テーブルにはトマトとアボカドのサラダ、焼き鳥セットが並んでいる。弥生が選んだベトナム生春巻きはまだきていない。

朝から七ヶ所のヘルパー先をまわってきたとは思えないほど、直子ははつらつとしている。夫が急に出張になり、子供たちも今夜は夕飯がいらないのだという。ファミレスでレポート用紙を広げていたところに、今日はゆっくり飲めそうとメールが届いた。日焼けした直子の長い首には、めずらしくネックレスがかけられていた。

「妹さん、ブラジルなんだっけ？」

「そう、今頃リオのカーニバル見てるのかも」

「すごいねぇ、ブラジルかぁ」

ベトナム生春巻きが運ばれてきて、ふたりは一本ずつ皿に取った。

「弥生ちゃんとこのおばさんって、ひょっとしてお金持ちとか？　だって旅費とか出してくれるんでしょ？」

直子が春巻きを頬張る。

「さぁ、普通に年金暮らしだと思うけど」

弥生ははぐらかした。下手に自慢すると、後々、頼りにされるかもしれない。

「旅って、ひとりじゃ行きづらいもんね」

直子は言い、あ、でも、息子なんかいてもふたりで旅行とか絶対に無理だしね、と笑って付け足したのが自分への配慮であるのが、多少、うざったかったりもするのだった。

威勢のいい「いらっしゃいませ」の声とともに、団体客がどっと入ってきた。職場の送迎会だろうか。最後に入ってきた幹事らしき男が店員に花束の入った袋を預けている。

「そういえばさぁ、ひどい話なのよ」

焼き鳥を串から箸ではずしながら直子がため息をつく。

「え、なに」

話の切れ目にトイレに行くつもりだったが、弥生はもうしばらくがまんすることにした。

「前にさ、骨折してそのまま施設に入っちゃったおばあさんがいたって言ってたじゃない？」

「ちょっと幻聴がある人だったっけ？」

「そうそう、そのおばあさんが亡くなって」

幻聴と幻覚の症状があり、誰も、なにも信じてくれないとしょっちゅう泣いていると直子が言っていたのを覚えている。

「娘ふたりが財産の取り分で大もめしてるらしいんだけど」

「どっちかが一緒に暮らしてたんだっけ？」

面倒を見ているほうが多くもらうのが筋だろう、と弥生は思う。

「ううん、ふたりとも結婚して別々。でも、お姉さんも妹さんも、たまに様子見に来てたかな。ほんと、たまにだったけど」

直子は当時を思い出すように言った。座敷席からは誰かの挨拶が終わったのかパチパチと拍手が響いている。

「たくさんあるの？　遺産」

弥生は聞き、

「それがさ、百万円なんだって」

言われて、「へ、」と間の抜けた声を出した。

「たった百万のことで、裁判がどうとかになってるらしいのよ」

顔をしかめながら直子は言う。

「半分にしたところで五十万だよね」

裁判の費用のほうが高くつきそうではないか。

「別にお金に困ってるって感じでもなさそうなの」

「そうなの？」

「だって、お姉さんのほうなんか大学の教授らしいし」

大学教授の給料がいくらなのか弥生にはわからなかったが、百万円を奪い合うほど安いはずはないだろうと思った。

「お金だけの話じゃないんだろうね」

直子が言い、

「いろいろ確執ありそう〜」

弥生がちょっとおもしろがる。

「でもさ、ふたりとも、見た目はおとなしそうな普通の人なんだよ」

直子がビールグラスを持ち上げたので、チャンスとばかりに、弥生は、へぇ、そうなんだ、けど、それってすごい話だね、ごめん、ちょっとトイレ、と立ち上がった。


なんとなく飲み足りない夜だった。

かといって家で缶ビールという気分でもなく、弥生は明々としたコンビニの前を自転車を押しながら通り過ぎた。

こんなとき、行きつけのバーでもあればいいのに。この街で暮らし始めて五年になるが、ふらりと顔を出すような店などなかった。

駅で見送った直子は、息子たちへの土産にアイスを買うのだと言っていた。

「弥生ちゃん、身体介護は、やんないの？」

さっき居酒屋で直子に聞かれ、思わず口ごもった。

「からだに触れたりするの、怖くて……」

そう答えはしたが、やりたくないというのが弥生の本音である。もちろん、資格を取るときには講習も受けたし、実習もした。

ヘルパーの仕事は主に生活援助と身体介護に分けられ、時給が高いのは身体介護である。着替えや、体位交換、歯磨き、おむつの交換、からだを拭くなど、文字通り身体的な介護が身体介護なのだが、弥生は気がすすまない。

介護の講習に通っているときに、よく講師が言っていた。赤ちゃんのおむつを替えたことがある方ならわかると思うんですが、と。弥生はいつも肩身が狭かった。生徒の大半は、直子も含め、子育て経験がある主婦たちだった。中には男の受講生もいたが、勝手に仲間意識を持っていると、「娘が小さいときにはおむつを替えていました」と裏切られた。自分以外の人間の尿や便を目の当たりにし、弥生はくらくらした。

人のからだに触れるのが怖いというのも、本当だった。支えたり持ち上げたりするとき、つい腰が引けてしまう。かといって、買い物、調理、掃除、洗濯などが中心の生活援助の仕事が自分に合っているとも思えない。雑然としたキッチンで料理をしなければならないこともある。風呂場に大量の観葉植物を置いているせいで、掃除のたびに気味の悪い虫に遭遇することもあった。しかし、そこはみな他人の住処《すみか》で、石垣のようにがっつり積み上げられているおのおのの流儀があった。

商店街を抜けた先にあるパーキングで、大きな猫が二匹うなり合っていた。

わたしにはヘルパーは向いていない。できることなら、もっと、なにか別の仕事をしたい。たとえばケーキ作りだとか。清潔な厨房、ぴかぴかに磨き上げられたステンレスの調理台！　真っ白な小麦粉や新鮮な卵を前にして、なにか美しいものを、幸せそうなものを作り出すような仕事がしたい。それが幼い頃からの夢だったように弥生には思えた。

クッキングスクールにでも通おうか。そして、がんばって、がんばって、今までにないくらいがんばって資格を取り、屋台ほど小さくてもかまわないから自分の店を持つことができれば……。店を出すときには、清子おばさんに少しばかり出資してもらえないだろうか。わたしはブラジル旅行にも連れて行ってもらっていないのだから。

ふいに、背後ではしゃいだ声がした。振り向くと、そう若くない女がふたり雑居ビルの一階の扉から出てくるところだった。女たちはそのまま駅に向かって去っていった。飲んだね〜、という声が聞こえた。弥生は引き返して看板らしきものを探してみた。なにもない。よく見るとドアノブの横に店名の小さなプレートが貼ってあった。

弥生はスマホで店の名を検索しかけたが、やめた。ゆっくりと扉を開いてみた。地下へとつづく階段があった。右足を一歩前に出したのは、飴色の木の壁だとか、その壁にかかっている蒸気船の絵だとかの感じが良かったからである。

店は思いのほか広かった。地下だが天井が高い。長いカウンターがあり、手前にスーツ姿の若い男が三人、奥の席でハンチング帽の男がひとり飲んでいた。

白髪の男が、いらっしゃいませ、とにこやかに言う。男の隣りに立っていた黒いシャツに黒いベストを重ねた若い女に中央の席をすすめられる。

カウンターの内側には巨大な木の棚があり、酒瓶がびっしりと並んでいた。白髪の男が店主なのだろう。奥のひとり客と話している。

「メニューをご覧になりますか？」

ベストの女に聞かれ、弥生は、はい、と頭を下げる。

メニューはウイスキーばかりで、最後のページにほんの少しビールとワインのリストがあった。もはや気取る必要もなかった。ヘルパーの仕事帰りのままである。膝が伸びたパンツに、グレーのパーカー。トートバッグはエプロンやタオルでふくれている。足元はスニーカーだった。

「お決まりですか」

「ウイスキー、ぜんぜんわかんないんですけど、なにかおすすめありますか？」

他の客に聞かれていると思うと、やはり恥ずかしかったが、

「あ、ソーダで割って飲みたいんですけど」

と、弥生はつづけた。

「でしたら、こちらなどいかがでしょう」

それはタリスカーという名のウイスキーだった。スモーキーだがすっきり飲みやすいのだという。

「あ、じゃあ、それで」

不思議だった。

朝起きたときには想像もしていなかった展開だった。今、わたしは静かなバーのカウンターでウイスキーを注文している。しかも、たったひとりで。

見た目はおとなしそうな普通の人なんだよ。

百万円の争奪戦を繰り広げている姉妹のことを、直子はそう言っていた。わたしだって誰がどう見ても、おとなしそうな普通の人に違いなかった。

弥生はゆうべの謎が解けていく気がした。発作的に女を尾行したこと。普通の服を着て、普通の化粧をして、普通のヘアスタイルをしている普通の女。そんな普通の女に尾行されることだってあるのだと、あの派手な若い女にわからせてやりたかった。そういうことだったのではないか。

おまたせしました、とグラスが置かれた。仄《ほの》ぐらいカウンターの上で炭酸の泡がはじけている。くちびるをつけると切れそうなほどの薄いグラスだった。いぶったような風味がした。弥生はそれを素直に、おいしい、と思った。

2　バー

家に帰って、レポート用紙に書けることが少しうれしかった。

ふたりの胃にはなにも残っていなかったのだ。なにも。

3

彼女たちが最後に食べたものはなんだったんだろう。ひな子は、腹を空かせているときではなく、むしろ食い余した後にあの事件を思い出すのだった。

資産家だったはずの老いた姉妹がマンションの一室で餓死していたというニュースはテレビでも話題になったが、すぐに新しい事件に掻き消されてしまった。

しかし、ひな子の中では忘れるどころか数年たった今でも褪《あ》せなかった。より濃くなったとすら感じる。

電気とガスが止められた部屋には小銭しか残っていなかった。姉妹は栄養失調のように痩せ細っていた。発見されたのは真冬だった。ひとりはマフラーにコート姿だった。ニュースで流されただけの情報なのに、横たわる彼女たちの姿が額縁に収まり、心の中に吊り下げられている。それらは時間をさかのぼって動き出したりもした。

彼女たちは五百円玉を一枚握りしめて歩いている。

コンビニの自動ドアが開く。

店内は暖房がきいて暖かい。

雑誌の棚など見向きもせず、ゆっくりと弁当コーナーに進む。おでんの鍋をちらりとのぞくが、足は止めなかった。

ふたりの弱々しい眼光が、弁当やおにぎりやサラダや焼きそばの上をいったりきたりする。

もう家にお金はないのだ。当分、食べられないかもしれない。

なにが食べたいのか。なにが買えるのか。

体温でなまぬるくなった、てのひらの五百円玉。

「ひなちゃん、なによ、ぼーっとしちゃって」

清子の声に、ひな子は我に返り、

「急に睡魔がきた」

と、口にすると不思議だが大きなあくびが出た。

海の匂いがする。観光バスで乗りつけたリオ市内にある港のレストランは日本人ばかりだった。ひな子たち以外にも同じ旅行会社の別のプランの団体が集まってきているのだ。ツアーごとに長テーブルで分けられ、同じ夕食を前にしている。

この光景、見たことがある。

ひな子は、それが高校の修学旅行の夜であることを思い出し、苦笑いする。ツアー客の大半は中年、あるいは年寄りだというのに。出入り口に近い席では、添乗員の小野田が合流した同僚の添乗員たちと食事をしているのが見えた。差し当たり、引率の先生というところか。

メイン料理は、ひとり一尾、巨大なロブスターだった。ばっさり半分に切ってオーブンで焼かれ、トマト味のピラフが添えられていた。食べても食べてもなかなか減らなかったが、向かいに座る清子の皿をのぞけば、ほとんどたいらげている。

「わ、清子おばさん、けっこう食べたね」

「そうよ、体力つけとかないと。ひなちゃん、なあに、全然、減ってないじゃないの」

「なんか、味に飽きてきちゃった」

風邪気味なせいでひな子は食欲が湧かなかったのだが、清子には言わずにおこうと決めている。高い旅費を払ってくれているのだ。体調不良とは勝手が過ぎる。

「あら、だったら小野田さんが小さいお醤油持ってたわよ。あれちょっともらってかけてみたら？　わたし、借りてきてあげようか」

ひな子の返事も待たず、清子は悠々とした振る舞いで小野田たちの席に歩いていった。

仕立てのよい服は後ろから見てもきれいなんだな。叔母ながら、その後ろ姿に惚れ惚れする。深紅のジャケットなど一歩間違えればお笑い番組の司会者である。なのに、あの人が着ると、どうしてあんなにエレガントなのだろう？　清子が店内を横切るとき、ボーイの男の子たちが軽く頭を下げた。かしずかれることに清子は慣れていた。気負いがないから嫌味にもならないのである。

「おきれいねぇ、あなたのおばさん」

隣りに座っていた女に、ひな子は話しかけられた。六十を少し過ぎたくらいだろうか。夫婦でツアーに参加していて、そろって社交的だった。

「ま、ちょっと派手ですけどね」

身内なのでひな子は謙遜して笑う。

「おふたりで、よくご旅行されるの？」

女は小柄でふっくらとしている。海外旅行ははじめてですとひな子は答えた。何年か前に、清子とふたりで金沢に行ったことがあった。そのことを告げると女は声を弾ませた。

「あら、金沢！　わたしも、前にうちの人と行ったのよ。なんて言ったかしら、屋根付きの大きな市場があるのよね、ええっと……」

「近江町《おうみちょう》市場ですかね？」

「そう！　お魚が新鮮で、ねぇ。お寿司かなんか食べたと思うんだけど。あれ？　海鮮丼だったかしら。金沢はお城もきれいだったし」

夫がすかさず口をはさむ。

「金沢に城はないだろう」

「そうだった？」

「金沢は城じゃなくて、兼六園。庭だよ、庭。松本城と勘違いしてるんじゃないか」

夫が笑うと、妻も「あ、そうか」と吹き出した。

きっと豊かな人たちなのだ。老後だってなんの心配もないのだろう。ひな子は、あるはずもないてのひらの五百円玉を握りしめる。

「失礼だけど、ご両親は？」

踏み込んでこられ言い淀んだひな子の顔を見て、あ、ごめんなさい、図々しくて、と妻は謝り、隣りに座っている夫も、すみませんね、べらべらと、と頭をさげた。

「あら、木村さん楽しそう。なんのお話？」

席に戻ってきた清子が、小さな醬油の容器をひな子の前に置いた。夫婦は木村というらしかった。

「いえ、ほら、こちらのお嬢さん、感じがいいでしょ。それで、いろいろうかがいたくなって」

ひな子は感じがいいと言われて気を良くし、

「ぜんぜん、なんでも聞いてください。両親は健在です。叔母は母の妹で、今回は、わたし、叔母の家来みたいなもんです」

おどけて言った。

「家来じゃなくて、お目付役」

清子がテンポよく後を追い、夫婦は、まぁ、とか、ほほぅと笑った。

木村の妻がひな子を感じがいいと言ったのは、昼間、「よかったら写真撮りましょうか」と何度かひな子に声をかけられ、カメラのシャッターを押してもらったのもあったようだった。

「いいえ、ねぇ、女の子っていいわねぇって、さっきも話してたとこだったの、ねぇ、パパ」

夫は、口の中をロブスターでいっぱいにして、そうそう、と言った。

「やだ、もう、こぼして」

紙ナプキンでズボンの汚れを拭いてやりながらも、妻はにこにこと話をつづける。

「うちは息子だけだし、誘ったって旅行なんかついて来ないし」

「息子さんがいらっしゃるんですか？」

ひな子は、少し食いつき気味になっていたのではないかと恥ずかしくなる。

「そう。ふたり。今年、三十二と、三十四になるんだけど、どっちも、な〜んかのんびりしてて。お嫁さんでもいたら、みんなで旅行とか行けて楽しそうね、なんて、ねぇ、パパ、言ってたのよね」

母がこの場にいたとしたら、うちの娘もまだ独身なんですよ、と身を乗り出しているに違いない。ひな子にはテーブルに前のめりになっている母の姿が想像できた。

清子が店員を呼び、白ワインのおかわりを頼んでいる。ドリンクの会計はおのおのである。

「ひなちゃん、あなたもおかわりする？」

清子に聞かれ、

「ううん、もういい、ありがとう」

ひな子はしおらしく答えた。


薄曇りの朝だった。今にも雨粒が落ちてきそうである。

ブラジル二日目の観光バスの中にも、どんよりとした空気が流れていた。夜には、この旅のメインイベントであるリオのカーニバル見物が控えている。なんとか持ちこたえて欲しい。

できれば晴れて欲しい。乗客たちの胸の内を察し、添乗員の小野田がマイクを握り、朗らかな声で挨拶を始めた。

「はい、みなさま、おはようございます！　いかがですか、ぐっすりとお休みになれましたでしょうか？　ね、ゆうべのロブスター、大きかったですねぇ、食べきれました？　今日は予報では曇りということでしたが、どうでしょう、向こうの空が明るくなっているようにも見えますのでね、なんとか、一日もってくれればいいなぁと思っているところですが、はい、ではね、今日はこれから、世界遺産のコルコバードの丘観光となっております」

いよいよ本格的に風邪をひいたようだ。通路を挟んだ反対側には、今日も清子が座っている。前髪を掻きあげると見せかけ、ひな子はさりげなく額にてのひらをあててみた。熱い。体温計がないのではっきりとはわからないが、三十八度近くあるのではないか。

背中がぞくぞくする。ありがたいことに車内の冷房は控えめだった。コルコバード観光さえ終われば、午後には一旦ホテルに戻る予定だった。夜のカーニバルまでは仮眠もとれる。体力温存のため、バスでは寝たふりで通すことにした。

ツアーには両親と参加している中学生の女の子もいた。いかにも旅慣れている家族だった。なにかを見るたび、食べるたびに、「この場所、ちょっとバンコクっぽくない？」とか、「これスペインで食べたお菓子に似てるよね」と言い合っている。親は小声だけれど、子供の声は、むしろ意図的に大きいように思えた。ひな子はそれを小憎らしく思いつつ、いや、わたしだって似たようなものだ、と目を閉じている。

この十五人のツアー客の中で、追加料金を払ってビジネスクラスを利用しているのは、ひな子と清子の他に、昨日、夕食の席で一緒になった木村夫妻だけだった。ひな子は、内心、それが自慢でならなかった。乗り継ぎのダグラス空港ではじめてエコノミークラスの参加者と合流したとき、「広い席だったので充分に寝足りた」ことを、大きな伸びでわからせようとしたのだった。

そうだった。木村夫妻もビジネスクラスだったじゃないか。

ひな子は、ゆうべの彼らの話をあらためて繋ぎ合わせてみる。

木村夫妻は戦前からつづく和菓子屋を営んでいるらしかった。東京だけでなく、名古屋や大阪のデパートにも支店があり、おぼろげながら、ひな子もその名を知っているような気がした。息子がふたり。長男が社長で次男が専務だが、まだまだ頼りないので会長の木村が手助けしていると笑っていた。

あとは、なんだっけか。

熱でぼうっとする頭をひな子は必死に働かせる。

ああ、そうだ、去年、家を改築し、屋根に太陽光パネルを付けたとも話していた。そんなもの、小さな家にわざわざ付けないはずだ。庭の松の木の手入れがどうとかとも言っていたし。

そこそこの規模の和菓子屋の息子たち。その両親に気に入られた、わたし。

ひな子は薄目を開き、それとなく木村夫妻の姿を探した。三列前にふたりの頭が見える。これからは、バスに乗り込むときなるべく彼らの近くに座ろう。人生には戦略も必要なのだ。ひな子の中に力がみなぎってくるようだった。


コルコバードの丘まではトロッコ列車で登っていく。

観光バスを降りた一行は、ガイドの後ろについて乗り場に向かい、小さな赤い列車に乗り込んだ。

「え、これなんか、スイスで乗ったのに似てる」

という旅慣れた一家の娘の声が聞こえてきた。

知らねぇよ、それより、箱根の登山電車に似てるじゃん。ひな子がイラッとしかけたところに、ぱっと陽気な音楽が流れた。そろいの黄色いTシャツを着た音楽隊が、観光客で賑わう車内をまわり始めたのだ。

「わぁ、すごい、すごい！」

清子がリズムにのって腕を動かしている。合わせてひな子も隣りでリズムをとる。清子がチップをはずむと、彼らは立ち止まり、さらに伸びやかな声で歌ってみせた。

トロッコ列車が山頂に近づいていく。窓の外には霧が立ち込めていた。

「こんな天気で、見えるんですかね、キリスト像」

清子ではなく、向かいの席に座っている木村夫妻にひな子は話しかけた。

「ねぇ、ちょっと心配よねぇ。四十メートルくらいあるんでしょう？　顔のあたり、霧がかかっちゃってるかもしれないわよねぇ」

妻が答える。

「息子さんたちに、お土産、なにかもう買ったんですか？」

ひな子はそれとなく話題を振ってみた。

「まだなんにも。昨日、ホテルの近くのスーパー？　あそこ行ってみたから、チョコレートくらいは買ったんだけど」

「あ、わたしも買いました、お友達用にチョコレート」

ひな子は、意識して友達に「お」を付けた。

「あら、ボーイフレンドには？」

と聞かれ、

「いたらいいんですけど、いないんで」

チャンスとばかりに、愛想よく笑った。

トロッコを降り、長いエスカレーターを乗り継いで山頂に到着したものの、案の定、昨日、向かいのポン・デ・アスーカルの岩山から見えたキリスト像は足元しか見えなかった。顔も、広げている両手も霧の中である。それでも大勢の観光客たちがカメラをかまえ、霧が晴れるのを待っていた。

人生にがんばりどころがあるのならば、わたしの場合、この旅の間なのではないか。

老舗の和菓子屋の息子たち。結婚するなら、兄か弟か。兄弟とも少し年下だったが、のんびりしている性格だと木村夫妻は言っていた。むしろ、年上の自分くらいがちょうどよいようにひな子は思えた。

呼吸が浅い。間違いなく熱があがっている。ひな子の頭の中に、資産家だった姉妹がとぼとぼと歩く後ろ姿が現れる。追い越して振り返れば、それは、自分と姉の弥生だった。あてにしていた清子おばさんの遺産。割り振られた額では、一生は、食いつなげなかった。派遣の仕事など、もうまわってこない。正社員になんかなれやしない。姉が離婚の慰謝料として手に入れたマンションで、布団をかぶって暖をとっている老いたわたし。わたしたち姉妹。

突然、ワァ、と歓声があがった。

「ひなちゃん、ほら、見て！　なに立って寝てんの」

清子に肩を揺すられ、振り仰ぐ。

霧の中から姿を現したキリスト像が、ひな子をじいっと見下ろしていた。

＊

午前中に一軒、掃除の訪問介護を終え、自宅で昼食を済ませたばかりである。冬の気配が残る遊歩道を、弥生は自転車で突っ走る。

今日はなにをリクエストされるのだろう。面倒なものじゃなければよいのだけれど。

午後の訪問先は、アパートでひとり暮らしをしている阿部という老人の家だった。若い頃の土木仕事で腰を悪くしたらしく、今は生活保護を受けている。

訪問すると、今日の献立が言い渡される。料理本の中の、「これ」と阿部が指差したものを、弥生は作らなければならないのだった。

リクエストは揚げ物が多い。とんかつ、コロッケ、メンチカツ。パン粉まで下準備ができているものを肉屋で買って家で揚げる。できあいを嫌がる利用者もいるので、弥生は最初に確認するようにしていた。同じ揚げ物でも、チキン南蛮やレンコンのはさみ揚げなどは一からなので手間がかかる。作ったことのないものを頼まれると、時間内にできるだろうかといつも焦った。

以前、阿部がボルシチのページを開き、「これ作ってみて」と言ったとき、弥生は頭を抱えた。そもそも、近所の小さなスーパーにビーツが並んでいるとは思えなかった。スマホで検索するとトマトで代用できるとあり、作ってみれば、それなりにおいしくできた。

阿部には文句を言われた。割合、強く。「すっぱい」と責められても、本来そういうスープである。サワークリームが入っているのだから。

サワークリーム！

十個入りの卵が、二パックは買える値段だったというのに。

毎度、阿部に渡される二千円の中には、夕飯だけでなく、翌朝用のパンと牛乳、銘柄指定のヨーグルトの代金も含まれている。

阿部は事務所にまでボルシチの苦情の電話を入れたらしく、しかし、この件で弥生は、所長からいたわりの声をかけられた。土日出勤を「可」としているので、重宝がられているのだった。

自転車が軽い。タイヤに空気を入れたばかりだ。

遊歩道の両脇には一軒家が並んでいる。ヘルパーとして他人の家にあがるようになり、弥生はあることを確信した。

家のまわりがごちゃごちゃしている家は、家の中もごちゃごちゃしている。

犬の散歩をする人々を追い越しながら、または、すれ違いながらペダルを踏む。

遊歩道を抜けた先に阿部のアパートがあった。ノックをし、「こんにちは」と言いながら、合鍵で中に入る。和室がふたつと、小さな台所。外から見るより日当たりは良い。阿部はベッドに横になり、いつものようにテレビを観ていた。

午前中に掃除を担当している別のヘルパーが来ているので部屋は片付いている。

「阿部さん、体調はいかがですか？」

枕元まで行って、明るく話しかける。顔色を見るのも仕事のひとつである。

肌つやもいい。むしろわたしのほうが乾燥気味だし。弥生は自分の頬を両手で温める。

「いつもと同じ」

つまらなそうに阿部は言った。頭の毛はすっかりなく、色黒で、大柄である。切り倒された古木のようだった。

ベッドサイドのワゴンには、爪切りからふりかけまで生活必需品がこまごまと並んでいる。

この家に通うようになって三ヶ月。自力でトイレに行けるらしいが、阿部が歩いている姿を弥生はまだ見たことがなかった。

阿部はワゴンの上の料理本を引き寄せ、テレビに目線を向けたまま言った。

「今日はこれ。エビは三つ」

開いたページには、輝くようなエビフライの写真があった。


タリスカー。

バーテンダーにすすめられて飲んだウイスキー。

爽快な響きだ。スピード感がある。弥生はバーを出た後、すぐにスマホに「タリスカー」とメモしたが、一日たっても忘れず覚えていた。

もうバーも怖くない。もちろん、ゆうべの店限定ではあるが。

弥生は夕方の混んだ山手線に揺られていた。

つり革をつかんでいる手が荒れている。阿部の家の後、もう一軒、掃除と洗濯の訪問介護を済ませてきた。こまめにハンドクリームを塗っても、うるおいが追いつかない。

電車に乗っているのは、新宿の画材屋に向かっているからだった。

ひな子が帰ってくるまでの一週間、毎日、なにか新しいことをするルール。弥生は、それに張り合いを感じている。

今日は、陶芸だ。

といっても、家のトースターで焼ける簡易的なものである。画材屋に専用の粘土が売っていたはずだ。

会社員をしていた頃、弥生はカルチャースクールの一日講座で陶芸をしたことがあった。作った器は講師に褒められた。

歳をとったら本格的に陶芸を始めてみよう。

あの頃の弥生にとって、それは、結婚し、子育てを終え、年金をもらい始めたら、という意味での「歳をとったら」だった。

そういえば、うちの親は歳をとったが、なにかを始めたのだっけ？

お父さんは細々とゴルフをつづけている。

お母さんは？

学生時代の友人たちとランチを食べに行ったりしているようだが、他にどこかへ出かけているふうでもない。

明日の仕事は午前中で終わる。久しぶりに実家に顔を出してみるか。ブラジルにいるひな子を案じ、やきもきしている母の横顔が浮かんだ。

意外だ。

意外な展開だ。

弥生は、向かいに座っている会田について、ほとんどなにも知らないことに気づいた。見たままならば、仕立ての良いグレーのスリーピースを着た、中肉中背のふちなしメガネをかけた男である。六十を少し過ぎたくらいか。

新宿の画材屋を出たところで、会田とすれ違った。人ごみの中を縫うように追い、迷いに迷った末に弥生が声をかけると、

「えーっと……」

会田は眉を寄せた。

忘れられることには慣れていた。そういう顔なのだ。なのに、誰かに似ているとよく言われる。誰かといっても、「昔のバイト先の人」だったり、「高校んときの友達」だったりするのだけれど。

会田は、清子の家に出入りしている税理士だった。

清子の夫が死んだとき、あまりに献身的に清子を支える姿を見て、弥生の母は渋い顔をし

ていた。

清子と会田の関係について、ひな子と話題になったりもした。

「でも、あの人の髪、ちょっとヘンだよ、ソフビ人形みたいにテカってるし。絶対に清子おばさんの趣味じゃないと思う」

ひな子が断言し、弥生は大笑いしたのだった。

その男とふたり、新宿の名曲喫茶でコーヒーを飲んでいる。

地下が禁煙席なんですよ、と会田が言い、下りるとちょっとしたホールのような空間が広がっていた。

天井からはクラシカルなシャンデリアが吊られている。古びたえんじ色のソファの生地がベロア調で、弥生は妹のピアノにかけられていた布を思い出した。

コーヒーを待つ間、自然とブラジルの話題になり、通貨はレアルだが、現地ではヘアウと発音するのだと会田が言った。弥生は、会田の爪が美しく整えられているのを見て、ささくれた自分の指先を丸めて隠した。

コーヒーが運ばれてきた。

「それで、わたしにご相談したいことってなんでしょう？」

会田は、コーヒーを一口飲むと、弥生の顔をまっすぐ見た。

店内にはスポーツ新聞を読むサラリーマンや、映画のパンフレットを広げている若いカップルの姿があった。老人の男女のグループの足元にはイーゼルやスケッチブックが置かれている。

「あ、いえ、たいしたことではないんですけど……というか、プロの方にこんなふうに気軽にお聞きするのってどうなんだろうって思うんですけど」

弥生はそう前置きし、

「わたしが死んだら、今、暮らしているマンションは誰のものになるんでしょうか。あ、離婚して名義は夫からわたしになったんです」

同情されないよう、事務的に言った。

「なるほど」

会田は小さな咳払いをした後、「ご両親です」と言った。弥生はあわてて両手を振った。

「いえ、今の時点で、という意味ではなくて、もっと先というか、うちの両親も清子おばさんも、あと、妹も死んでいるという設定です」

ああ、それは失礼しましたと会田は言い、

「妹さんにお子さんがいたら、その方になります。あなたの甥、または、姪にあたりますね」

と答えた。

「もし、妹にも子供がなかったとしたらどうなりますか？」

「六親等内の血族、三親等内の姻族まで相続人を探すことになるでしょうか」

「え、なんですか、たとえば？」

「いとこの子供や孫、なども入ってきます」

いとこの孫って、もはや他人なのではないか？

弥生もひな子も、いとことの付き合いなどないも同然だった。歳が離れている上に、みな男ばかりで一緒に遊んだ記憶もない。街で会っても気づかないかもしれない。

「いとこの孫ですか……。遠すぎて、なんか、腑に落ちません」

弥生はため息まじりに笑い、「そうですね」と会田も白い歯を見せた。

本当はこんなことを聞きたかったわけじゃない。これは単なる導入で肝心なのはここからなのだ。

弥生は軽く座り直し、

「じゃあ、もし、清子おばさんが亡くなった場合はどうなるんですか？」

わざと、さらりとした口調で言った。

「いつ、の時点でしょうか？」

会田が空とぼける。

弥生が口ごもると、

「今の時点ですと、法律上は、お姉さま、すなわち、あなたのお母さまがすべての遺産を相続されます。ただし、」

遺言状がある場合は違ってまいりますが、と会田は付け足した。その遺言状が存在するか否かを弥生は知りたかった。

「清子おばさん、書いたりしてるんですか？　その、」

弥生は一呼吸置き、

「遺言状」

と、はっきり口に出してみた。

重たい。言葉にずしりと質量がある。

「それは、わたしの口からは申し上げられません」

会田は無理に笑顔は作らず、静かに言った。

「遺言状って、税理士さんに渡すものなんですか？」

弥生はひるまずつづけた。

「ご相談にのることは可能です」

会田が腕時計をちらりと見た。ここまでという合図だろう。

「すみません、お忙しいところ」

弥生が伝票を引き寄せるのを見て、会田は「ごちそうになります」と言った。会田の頭は、やはりソフビ人形みたいに人工的だと弥生は思った。


季節はじめの風は悲しい。弥生はそれを歩きながら大きく吸い込む。感情を込めれば泣けそうな気さえした。

実家に帰るのは正月ぶりだ。

駅の改札を出ると小さな商店街がある。バスが来るまで二十分あった。手土産というほどの距離でもないが、なにか買って帰ろうか。弥生はケーキ屋を外からのぞいた。しかし、ショートケーキ三個の値段がヘルパー一時間分だと思うと、猛烈に惜しくなる。結局、スーパーでいちごを一パック買った。

バスは空いていた。動き出してしばらくたっても、そのことに弥生はなにも感じなかった。しかし、暮れかかる窓の外をぼんやり眺めていたら、通学や通勤でこのバスを使っていたのを思い出し、車内が急に侘《わび》しく見えた。あの頃は、たいていつり革につかまって揺られていたのだ。

通り沿いには、ぽつぽつと空き家もある。そういえば商店街にも活気がなかった。本屋さんもつぶれてしまっていたし。

材木屋の角を曲がると中学のときの同級生の家が見えた。明かりが灯っていた。一度だけ家にあげてもらったことがある。「ここ、お兄ちゃんの部屋だよ」と二階の廊下で言われ、弥生は恥ずかしくてうつむいたのだった。

家に帰ると、母の様子がおかしかった。

弥生は身構える。

言っていることがよくわからない。強い口調にならないよう、一旦、緑茶をすすった。大丈夫だ。とりあえず、母がいれてくれた緑茶に関しては。

それにしても、ルコルビ、とはなんだ、一体、なんなのだ？

「やぁだ、ルコルビじゃなくて、ル・コルビュジエ。ルで、区切るの」

ダイニングテーブルを挟んで座る淑江は、はつらつとしている。

「だから、なんなの、それ」

「あら、知らない？　弥生なら知ってるんじゃないかと思ったんだけど。建築家のル・コルビュジエ」

会話は成立している。しかし、母はなんだかいつもと違う。心なしか艶っぽい。

「知らないよ、建築家の名前なんか。それで、その人がどうしたの、どっかで会ったの?」

弥生が言うと、

「会うわけないわよ。ずいぶん前に亡くなってるんだから、ル・コルビュジエは」

淑江は口に手をあてて笑った。

話を聞けば、一階のキッチンをリフォームするのだという。淑江の一存で決めたらしい。今さらもういいだろうと言った父に、かなり強く出たようだ。その父はさっさと夕食を済ませ、もう二階で眠っている。起きているのかもしれないが下りてこない。

「先生が言うにはね、ル・コルビュジエみたいに、シンプルなデザインもいいんじゃないかって」

先生とは、淑江の同級生が紹介してくれた建築家で、隣り町に住んでいるらしい。事務所は都心にあるのだが、出勤前に時間がとれると言われ、昼間、駅近くのファミレスではじめて会ってきたのだという。

「でも、なんでそんな急に決めたわけ?」

弥生はいぶかしがる。

確かに古い家だ。

簡単な補修工事をしてから十五年ほどたっている。

もしかしたら、リフォームをエサに長女のわたしに帰ってきて欲しいということなんだろうか。弥生はさっき乗ってきたバスのうら寂しさを思った。

「木がね、」

淑江の口調が急に沈んだ。

「木？」

「お隣りの、木。ほら、台所の窓から見えてた」

湯のみを両手で包み、淑江は中をのぞき込むようにうつむいている。

「木？　そんなのあった？」

「あったわよ」

「え、だから？」

弥生は、問い詰めているみたいにならないよう、口角をあげて母の顔を見た。たぶん、目は、笑っていない。

「ね、弥生、あの木の名前、知ってた？」

なんなのださっきから、クイズなのか？

「知らないよ。あったことも覚えてないんだから」

「シマトネリコ。昨日、切られてなくなっちゃったのよ。枝を整えたりするの、大変になったんだって」

淑江は顔をあげ、毅然《きぜん》として言った。

「でも、なんか、それですっきりしてね。リフォームすることにした」

隣りの家の木が切られ、リフォームに踏み切った母。心中が測りがたい。

「でも、お金とか大丈夫なの？」

案じるように弥生が言うと、

「わたしのお金だってあるわよ」

淑江は取り澄ました顔で答えた。

4

開始を知らせる花火の音がした。時刻は夜の九時を少し過ぎている。

雨でも花火はあがるのだな。

ひな子は日本から持参したレインコートを頭からすっぽりと被り、大観衆と同じ方向を見た。

陽気な音楽だ。遥か彼方で山車《だし》が動き始めている。

帰国後、リオのカーニバル会場を誰かに説明するとき、ひな子は、まずこう言おうと決めた。「神宮球場みたいな感じ」。

ゲートでチケットを見せて中に入ると、すぐに、記念グッズや軽食を売るテントがある。その後、もう一度係員にチケットを提示すれば観客席にたどり着く。見やすいように座席は後方に行くほど高くなっている。

神宮球場と決定的に違うのは、円形ではなく横長であることだった。全長約七百メートルという長い通路を、数千人規模のサンバチームが順番に通り抜けていく。その両サイドに、観客席が設置されていた。

ひな子たちは最前列のすぐ後ろの席である。席は桟敷《さじき》のように区切られていて、ひとつのボックスが六人ほど。かなり良い席だと思います、と観光バスの中で添乗員の小野田が説明していた。

その小野田は、ここにはいない。今頃、病院にいるはずだった。ツアー客に急病人が出て、清子とともに付き添って行ったのだ。合流している同じ旅行代理店の添乗員がいるので、観覧にはなんの問題もなかった。

それにしても清子おばさんは速やかだった、とひな子は振り返る。

左胸が痛むと言ったのは、いつもチロル帽を被っている六十代後半の男だった。帽子には茶色い鳥の羽根がついている。ひな子は秘かに彼を「チロルおじさん」と命名し、現地ガイドの話に、毎度、心のこもった相づちを打つ姿を好ましく思っていた。

夕食会場だった和食レストランで、チロルおじさんは、妻に肩を揉んでもらっていた。

「寝違えちゃったかなぁ」

目の前の天ぷらや茶碗蒸しに箸もつけず、もっと強く、ぎゅーっと押してと妻に頼んでいた。左の肩から左腕全体がひどくだるいらしかった。

二十四時間かけて飛行機に乗ってきたからねぇ。わたしも足のむくみがとれないんですよ。同じテーブルになった人たちが、おのおの体調不良を訴える中、

「念のため病院に行ったほうがいいわ」

清子が、するどい声で言ったのだった。

添乗員の小野田は、清子がみんなを笑わせようとしているのだと思い、

「あら、なあに、松下さんったら！」

冷やかしたものの、心筋梗塞の初期症状に似ている、わたしは元看護師ですと清子が言うと、とたんに青ざめた。

清子は車を呼ぶよう小野田に指示した。チロルおじさんとその妻にぴったりと寄り添う清子を前に、今夜のカーニバルはどうなるんだろう？　と一瞬でも思ったことを、ひな子は後になって恥じた。

少し肌寒い。雨あしは強くなっている。

隣りのボックス席にいる木村夫妻に、ひな子は目をやった。同じくレインコートを着込み、近づいてくるパレードを待っている。

ひな子は木村夫妻との「ふれあい」に最善を尽くしている。レストランでも、観光バスでも、さりげなく近くの席に座って話しかけ、彼らが愛犬家と知ってからは、犬の話題もふんだんに取り入れている。

大学時代、テイクアウトの寿司屋で販売のアルバイトをしていた話もした。客商売が性に

合っていると思うんです、と口にしたのは少しあざとかったかもしれない。

「日本に帰ったら、一度うちにも遊びにいらして」

とは、まだ言われていないが、もうすぐ言われそうな気もする。

夫婦の話を聞く限り、サイクリングが趣味の長男はしっかり者で、次男は無口だがとてもやさしく、家族の中で一番ファッションに気を使っているらしい。

ふたりとも、結構、かっこいいのよ、と木村の妻は言っていたが、どうなんだろうか。ひな子は夫妻の顔立ちを考慮し、過度な期待はしないほうがいいと思っている。

ひな子の視線に気づいたのか、木村の妻と目が合った。二メートルと離れていないが、囲いと椅子に阻まれ、さらに大音量の音楽で会話までは難しい。笑顔で会釈するにとどめておく。

ついさっき清子からひな子のスマホにメールがあり、小泉さん（チロルおじさん）は軽度の心筋梗塞だったが、今のところ命に別状はないらしかった。それをひな子は、ツアー仲間全員に得意になって伝え回ったばかりである。

ひな子はほっとしていた。チロルおじさんのことも、自分自身のことも。あいかわらず額は熱かったが、とにかくこの会場に来られた。風邪でカーニバルが見られなかった、なんてことになれば、母にも姉にも「それ見たことか」と言われるのは目に見えている。

リオのカーニバルが勝敗を競うコンテストであるのを、ひな子はブラジルに来るまで知らなかった。ダンスや音楽、衣装、テーマ、持ち時間の過不足までもが審査の対象で、優勝チームには、五億円近い賞金が贈られるのだという。その優勝チームを含む上位六チームの「チャンピオンパレード」を観賞するのが、ひな子たちのツアーだった。

「本戦に比べると、ダンサーも、かなりリラックスしていると思いますよ」

昼間、小野田が言ったときに、

「どうせなら本戦が見たかったよね」

清子に耳元でささやかれ、ひな子もそう思ったが、ただで連れて来てもらっている身で同意するのもどうかと、笑ってはぐらかしたのだった。

会場は世界中から訪れている観光客で埋め尽くされている。ビールを飲み、恋人たちは抱き合い、サンバに合わせて踊っている人々もいる。

しかし、みなどこかで一抹の寂しさを味わっているように見えた。いくら陽気に振る舞っても、見る側はどこまでも部外者だった。

ひときわ目を引くパシスタと呼ばれる踊り手がいる。豪華な羽根飾りをつけ、ほとんど裸に近い衣装で彼女たちが激しく動くたび、観客は身を乗り出してカメラを向ける。

一年に一度でいい。

これほどまでに注目され、熱く熱く輝ける夜が欲しい。それさえあれば、あとの三六四日になにもなくてもかまわない。平均台を歩くような不安定な暮らしも、その先にある薄暗い未来も。すべてがどうだってよくなる夜が、ひな子は欲しかった。

黄緑色の大きな羽根を背負ったパシスタが近づいてきた。オイルを塗った褐色のつややかな肌は、ライトを受けて光り輝いている。後ろには黄金の剣を手にする騎士たちを引き連れていた。

人間の腰は、あんなに高速で動くんだな。

ダンサーたちの激しい踊りに感心しながらも、ひな子の頭には一枚の古い写真が浮かんでいた。

熱のせいなのか、それとも、反転した緯度の影響なのか。ブラジルに来てからというもの、ひな子はやけに、昔のことを思い出す。

あの日は、入院している親戚の見舞いに家族そろって出かけたのだ。

「ほら、どうした？　清子さんだよ」

父親に背中を押されても、幼いひな子が頑として近寄ろうとしなかったエピソードは、ずいぶん長く家族の笑い話になっていた。最後にはとうとう泣き出したらしく、だから、写真のひな子は半べそだった。

川沿いの大きな病院だった。清子が結婚する前に勤めていた病院だと聞いている。中庭なのか、外の公園だったか。白衣姿の清子に光が射し、

「ひなちゃん、おいで」

手招きされても、たやすく近寄れないほどきれいだった。

外国の絵本に出てくる女神さまみたいだとひな子は思った。女神は女神でも、池の中からせり上がってきて、金の斧か、銀の斧かと聞くような。正しいことをすれば褒美をくれる。嘘は、絶対に許さない。

ひな子が看護師になりたいと思ったことは一度もない。誰かの命のために働きたいと思えなかった。与えられた業務を粛々とこなし、職場の人の役に立ち、できれば頼りにされ、その報酬としてお金が欲しい。ひな子にとって、仕事とはそういうものだった。そんな自分を利己的だと思うし、どこかで負い目がある。

しかしながら、弥生が介護ヘルパーを始めたのは眉唾《まゆつば》ものだと思っている。昔からヘルパ

ーの仕事に興味があった、などという姉の言葉は信じがたい。他に職が見つからなかっただけではないか。

家族と同じのはいやだと、お年玉で自分専用の風呂椅子を買った姉である。他人の家の風呂掃除など本当にできているのかどうか。

ふたり暮らしをするようになり、ひな子は弥生のきれい好きがますます鼻についている。汚すとうるさいので、キッチンに立つ気にもなれなかった。

わずかではあるが家賃も払っているのだし、別に居候《いそうろう》じゃない。堂々としていればよいのだ。そう思うものの、光熱費や水道代はいいからと言われ、ひな子は姉の暮らし方にしぶしぶ迎合《げいごう》している。

弥生が独断でものを捨ててしまうのにも、心中穏やかでなかった。試供品の保湿クリームも、読み終えていない雑誌も、いつの間にか処分されている。

小学生のときもそうだった。ひな子は思い出して口を尖らせる。放課後になると弥生が教室までやってきて、ひな子の机の中を有無を言わさず整理して帰ったのだ。

友達が切り分けてくれた消しゴムも捨てられた。プリンの匂いだったのに。嗅ぐのを楽しみにしていたのに。

「ひな子の机、今日も汚なかったから片付けてあげた」

家に帰れば母に報告され、礼まで言わされた。

そうやって、お姉ちゃんは自分の夫もポイッと捨てたのだ。

ひな子は、弥生の別れた夫が結婚の挨拶に来た日のことをはっきりと覚えている。手土産はコンビニで間に合わせたような缶のクッキーだった。座布団をぎちゃぎちゃ踏んで座る人だった。食事のとき、左手をテーブルの上に出しもしないで。

二年も交際していて、なぜ小うるさい姉が見て見ぬ振りなのか。ひな子は、かいがいしく食事の世話をやいている弥生を見て悟った。

この結婚を逃したくないんだな。

必死さが伝わり、あの夜は、かなりよい妹を演じたと思っている。すべて無駄に終わったけれど。


雨があがると、会場はいっきに熱帯の濃い緑の匂いに包まれた。雲の切れ間からは月も見える。

もうすぐ日付が変わる。カーニバルが始まってから三時間が過ぎようとしていた。ひとつのサンバチームで、二千人から四千人。それが六チーム出てくるのだから、終了するのが朝にもなるわけである。

「大きい音が苦手な方は、耳にティッシュを詰めておくのも手ですよ」

事前に小野田からアドバイスがあったが、ひな子は、むしろこの大音量が心地よかった。たまった雨水を手で払い、椅子に腰掛けた。レインコートから出ていた前髪がしっとりと濡れている。

疲れたのだろう、木村夫妻も椅子に座っていた。三脚を立て、パレードの様子を撮影している。

ひな子は、いつかそのビデオを彼らの義理の娘として観ることを想像してみた。広いリビングのテーブルの上には和菓子と日本茶。いや、いくら和菓子屋でも家では洋菓子も食べるだろう。走り回る子供たちを注意しながら、わたしは明るい声で言うのだ。

（お義母《かあ》さん、あの熱気、思い出しますね！）

（あ、わたし、この曲、まだ覚えてます）

（あのときは、まさか、わたしがこの人と結婚することになるなんて思いもしなかったです）

隣りに座る夫の腕にそっと触れる。それは和菓子屋の兄のほうなのか、弟のほうなのか。会ってから決めたいけど、会えるだろうか、一度に両方と。

「きれいねぇ」

聞き慣れた声がした。ひな子は驚いて振り返る。清子だった。疲れた様子もなく、ビール片手に笑っている。

「清子おばさん！　間に合ったんだ」

ひな子は勢いよく立ち上がった。

「うん。小野田さんはまだ病院に残ってるけど」

高価なものはよせと言ったのに、清子の耳には鳥の羽根をモチーフにしたゴールドのピアスがぶら下がっている。夕食のときはつけていなかったはずだから、バッグにしのばせていたのだろう。でも、とても似合っている、この場所に。

「清子おばさん、疲れてない？」

ひな子の問いには答えず、

「おもちゃ箱みたいね」

パレードを見つめ、清子は言った。

「このチームのテーマ、子供の遊び、なんだって。ほら、ルービックキューブの衣装の人たちもいる」

ひな子が指すほうを見て、ほんと、おもしろーい、と清子は笑った。

清子が戻ってきたことに気づき、ツアー仲間たちが集まってきた。

「松下さん！　おかえりなさい」

手を取り合って喜んでいる。

「みんな、盛り上がってる？」

清子が言った。貫禄ある横顔だ。

女神さまというより、こりゃ番長だな。

ひな子は、いつの間にか呼吸がずいぶん楽になっているのに気づいた。風邪の峠は越えたようだった。


「清子おばさんは、パシスタだよね」

明け方、カーニバル会場からホテルに戻る送迎バスの中でひな子は言った。

「パシスタ？」

隣りに座る清子の顔にも、さすがに疲れが見えた。

「花形ってことだよ」

「あら、ありがとう」

清子はほほえみ、それからすぐにうとうとし始めた。目尻の皺《しわ》は昨日より深かった。誰かの命のために働いてきた人の顔だった。

車内にはほどよく冷房がきいている。静かだ。眠っている人はもちろん、起きている人たちも。久しぶりの静寂だった。

流れていく街の景色をぼうっと見ながら、ひな子は考える。

清子おばさんがここで生まれ育っていたとしたら、きっと花形のダンサーになっていたのだろう。

わたしはどこに生まれようと、わたしでしかなかった。

おそらく姉の弥生も、それから母も。

一晩中つづいたカーニバル。

いち、にい、さん、とひな子は指を折って数えてみる。

し、ご、ろく、なな、はち、く。

く！

九時間もあの会場にいたなんて。

「最後は、いいかげん、観客も飽き気味だったけどね」

帰国後、物知り顔で弥生に話す自分の姿が目に浮かんだ。

眩しい。

リオの街に太陽がのぼり始めた。

「ひなちゃん」

眠ったと思った清子が薄目を開けている。

「起きてたんだ」

「ひなちゃん、やっぱりお母さんに似てる。子供の頃の」

清子は懐かしそうに笑った。

ホテルに戻ったらさっとシャワーを浴びよう。四、五時間は眠れるはずだ。ひな子はぐりぐりと肩をまわす。午後には「イグアスの滝」観光のため、カタラタス空港へと向かう予定だ。

チロルおじさんはどうしているんだろう。

イグアスの滝は、一緒に観られないんだろうな。そりゃ、無理だわな。せめて、今頃、カーニバルの夢を見ていたらいいな、とひな子は思った。

クロコンドルが朝焼けの空をゆったりと飛んでいる。

熱も下がって、からだが軽い。ひな子は心地よい空腹を感じていた。からだが南国のフルーツを欲しがっている。みずみずしいパパイヤやマンゴーに無性に齧《かじ》り付きたかった。

＊

「おたく、誰」

玄関のドアを開けると階段の上からひげ面の男が顔を出し、弥生は「ひゃっ」と声をあげた。

寝起きなのだろうか、髪があちこちに跳ねている。

「わたし、介護ヘルパーですが。え、どちらさまですか……」

いつでも逃げられるよう、ドアを開いたまま弥生は聞いた。

「ここの息子だけど」

富美がいつも「コウちゃん、コウちゃん」と案じている息子がこの男なのだろうか。以前、富美に見せてもらった成人式の写真の面影はない。

「息子さんのことは、富美さんからうかがってますけど」

「俺のこと覚えてんだ」

男は意外そうな顔をした。ゆうべ、戻ってきたら、同じように「どちらさまですか」と富美に言われたらしい。様子を見に来ていた叔父にまで最初はいぶかしそうな顔をされたというのだから、ずいぶん変わったのだろう。

「すみません、あがります」

弥生は、富美がいつもいる一階の洋間に急いだ。

昨日のヘルパーが用意していた朝食は手つかずのままだった。隣りの寝室のふすまがピシリと閉まっている。

「富美さん、久保田です、開けますよ」

返事はなかったが、弥生はそっとふすまを開いた。

カーテンをひいたままの部屋は薄暗かった。富美はベッドに横たわっていたが、眠ってはいなかった。弥生だとわかると、ベッドからか細い手を伸ばし、消え入るような声で言った。

「知らない人がいるのよ」

弥生は、大丈夫ですよ、と富美の手を握った。

「息子さんが帰ってきてるんですよ、ほら、息子さんのコウちゃん。しばらく会ってないから、わからなかったんですね。ちょっとカーテン開けますね」

磨《す》りガラス越しに太陽の光が差し込んだ。富美の靴下が、ささくれた畳の上で子猫のようにうずくまっている。

「富美さん、あったかいお茶飲みましょうか」

明るい声で弥生は言った。布団をめくると、富美はパジャマにも着替えず洋服のままだった。

布団が濡れている。トイレにも行けなかったのかと思うと不憫《ふびん》でならず、弥生は、大丈夫、心配しなくていいのだと声をかけながら着替えを手伝い、富美を食卓に座らせた。それから急いで洗濯機を回し、ほうじ茶をいれた。男は部屋に戻ったようだった。

「上に知らない人がいるのよ、ねぇ、ちょっと見てきてくれない？」

富美はまだ不安そうにしている。いつもならすぐにスーパーへ買い物に行くところだが、今日は冷蔵庫にあるもので料理しよう。冷凍のひき肉がまだ残っているはずだ。

「じゃ、わたしちょっと見てきますから、富美さん、ほら、あったかいお茶」

廊下に出たものの、弥生は階段をのぼるのを躊躇した。

「あの！」

下から声をかけた。

「ちょっといいですか」

よろしいですか、とまでは言わなかった。弥生は関係性をはっきりさせておきたかった。介護ヘルパーを家のお手伝いのように思う人もいる。妻のヘルパーなのにゴルフ道具を磨かせようとする夫もいたし、自分が食べるピザを買って来させようとする娘もいた。規則でできないと答えると、舌打ちされたこともある。

男はドタドタと下りてきた。靴下は履いていなかった。大きな親指だった。

「あの人、ボケてんの？」

男が顔をしかめて言った。

「認知症ではあるんですけど、日常生活は今のところおひとりでも大丈夫です。他の日には、わたし以外のヘルパーも訪問してますし」

男は、ふーんと言ったきり黙った。

「少し動揺されてるんで、笑顔で話しかけてもらえませんか」

弥生の後につづいて、男はリビングに入った。富美の目は険しかった。

「富美さん、ほら、息子さんですよ」

弥生は、富美の横に立って肩に手を置いた。富美は、探るように男の顔を見て、どうかしら、違うと思うんだけど、あなたどう思う？　と弥生に聞いた。

「自分の息子、覚えてねぇのかよ」

弥生が答えるより先に、男は言った。怒っているような、すねているような、子供っぽい口調だった。息子なのだな。弥生はやっと確信が持てた。

「富美さん、コウちゃんですよ、久しぶりだから雰囲気変わったのかもしれませんね」

男に部屋から出るよう促し、弥生は言った。

「おひげでわからないっていうのもあるのかも。剃ってみたらまた変わるかもしれませんし」

「どうだかねぇ」

男は二階に上がっていった。


ショッピングセンター内の中華料理屋には、客がほとんどいなかった。ランチタイムはとっくに終わっている。若いサラリーマンはスマホ片手にラーメンをすすり、作務衣《さむえ》を着た老人がデザートの杏仁《あんにん》豆腐を食べていた。

「疲れた」

弥生はチャーハンの山をレンゲで崩しながらつぶやいた。

富美の家を訪問した後、もう一軒、ヘルパーに行った先で弥生は走りまわることになった。

買い物リストを見落とし、スーパーに食パンを買いに戻り、その後、掃除中にトイレットペーパーが切れかけていることに気づいた。明日のヘルパーが訪問するまで持ちそうではあったが、念のため自転車をとばした。

「わたしたちの気が急《せ》いてると、利用者さんにも伝染するんだよね」

前に直子が言っていた。確かに、今日のてるこさんは落ち着きがなかった。

弥生がてるこさんと呼んでいる信子は、先月九十歳を迎えた。てるこはお気に入りの名前らしい。軽度の認知症であるが、背筋はピンと伸び、好きな演歌なら二番までそらで歌える。弥生が夕食の支度をしている間、てるこは近くに腰掛け歌を歌う。それに「ハイハイッ」「ア、ソレッ」と弥生が間《あい》の手を入れるのがふたりの〈お決まり〉になっていた。

しかし、今日の弥生にはそんな余裕もなく、そのせいで、てるこは仏壇に「守ってください」と何度もお願いしたり、孫からプレゼントされた小銭入れの中身をしつこく確認したりしていた。

弥生が訪問すると、ついてまわるように話しかけてくる老人は多い。十分でもいい。一緒にお茶を飲みながら話し相手になれればと弥生は思うのだが、かといって無料で延長するのも違う気がする。そもそも、ヘルパーが利用者宅でお茶をよばれることは禁じられていた。

客の老人が広げたスポーツ新聞に、羽根を背負った派手なダンサーの写真が見えた。リオ、カーニバル、という文字がある。

カーニバルが終わったようだ。ふたりとも楽しんだのだろうか。少なくとも清子おばさんは楽しんだはずだ。あの人はどんなときも気負いがない。叔父の葬式でもそうだった。弔問に訪れた大勢の人と会話を楽しんでいるようにさえ見えた。

弥生は、清子夫婦が好きだった。正確に言うなら、ふたりが顔を寄せ、ひとことふたこと話した後、くすくすと笑い合う様子を見るのが好きだった。今、なに話してたの？　と、子供の頃何度も聞いたが、清子は笑って「ひみつ」と答えた。

弥生はため息をついてから、チャーハンを口に運んだ。

「おたく、めんどくさそうにメシ食うんだな」

頭上から声がして、弥生はむせ返る。

昼間、富美の家で会った息子の孝介だった。ひげを剃っていたのですぐには気づかなかった。

「剃っても、わかんないみたいよ、俺のこと」

孝介は隣りのテーブルに腰掛けた。トレーにはラーメンとギョーザのセットがのっている。

「そうですか……」

弥生が申し訳なさそうにすると、

「ま、十年音信不通の息子じゃしょうがないけど」

ラーメン鉢に口をつけてスープを飲んだ。

「でも、なにかの拍子に思い出されることもありますし」

弥生が言うと、

「気長に待つか」

と、孝介が言った。

「え、戻ってこられた、ってことですか？」

弥生は驚いて聞いた。

孝介はギョーザをつづけて二個食べ、
口の中をギョーザでいっぱいにして弥生の顔を見た。弥生が口ごもると、

「なんか、まずい？」

「おたく、この後、なんかあんの？」

と、孝介が言った。

歳をとってからの子供だと富美が言っていたのを考えると、こめかみあたりに白髪はある

が、孝介はまだ四十代なのかもしれない。

ひな子が戻ってくるまでの間、毎日なにか新しいことをするルールは三日で飽きていたが、せっかく三日もつづいたのだしと弥生は飲みに出てみた。

居酒屋のカウンターの上には、漬け物の盛り合わせと枝豆が並んでいる。つまんでいるのは孝介だけだった。

「この仕事長いの？」

と言った後、孝介はレモンサワーをいっきに半分飲んだ。

「まあ」

弥生はビールグラスを見つめてあやふやに答え、結婚してんの？　と聞かれたときには、

「個人的なこと、しゃべれないことになってるんです」

軽く予防線を張っておいた。

あまりそっけないのもどうかと、弥生は富美のことを話した。いつも息子を案じていること、料理のおいしいところは「コウちゃんに」と残していること、最近、膝が痛いと言っていること、トイレは自分で行けるがお風呂は別のヘルパーに介助してもらっていることなど。

「富美さんのお嬢さんが、たまに来られてるって聞いてます。わたしはお会いしたことないんですけど」

弥生が言うと、

「姉ちゃんだわ。引っ越してなかったら、埼玉に住んでんじゃない」

父親のギャンブルの借金で、家族は苦労したのだと孝介は言った。

「親父、家ではおとなしかったのよ。レコード聴いたり、近所の釣り堀行ったり」

弥生は二階の部屋でほこりをかぶっている、古いレコードプレーヤーを思い出した。入ったままのレコードはなんの曲だったか。

「がんになって。最後は謝ってばっかりで。毎日、謝られんのが一番こたえたっていうか」

孝介はグラスの氷をガラガラと揺すった。厚みがある、どこかあどけない手だった。

「じゃあ、おか、富美さんが働いて？」

お母さま、と言いかけ、それでは近しいように思え、「富美さん」と弥生は言い直した。レストランの洗い場で働いていた頃のことを、富美はよく話している。あまりよい思い出ではないようだった。

「俺も姉ちゃんも、高校卒業したらすぐ働いたし。親戚とかにも金借りて」

印刷工場に就職し、父親が残した借金を返し終えたら、なにもかもがばかばかしくなったのだと孝介は言った。

「仕事辞めて、四年くらい引きこもってたんじゃないの」

息子の食事を用意しながら、富美は、毎日どんな気持ちでいたのだろうか。

「でも、家、出たんですよね？」

弥生は聞いた。

「姉貴が結婚するっていうんで、なんか、だめじゃない、こういう弟がいるってなったら。そんで家出て、また働いたけど」

孝介はふぅと大きく息を吐き、

「一回でアウトなのよ。人生、一回、おかしくなると」

と目を落とした。

横顔が富美によく似ていると弥生は思った。下まつげの生え方だとかも。

5

旅が終わろうとしている。

ステーキハウスでビールを飲みながら、ひな子はこの一週間ほどのできごとが、自分にとってどういう思い出になっていくのだろうと考えていた。

ブラジルのグアルーリョス空港から、乗り継ぎのダラス空港に到着したのは早朝だった。成田に発つ便まで五時間近くあったので、ひな子と清子は朝食を取ることにした。

ステーキを食べようと言ったのは清子である。

「ひなちゃん、ダラスだよ、テキサスだよ、ステーキ食べなきゃ」

ダラスがテキサスと言われても、テキサスはステーキだと言われても、正直、ひな子にはそのあたりの知識がなかったのだが、

「いいね、食べたい！」

体調もよくなり、単純に肉が食べたかった。

店は、空港内の広々とした吹き抜けの二階にあった。午前八時過ぎにステーキを食べるような客はほとんどいなかった。行き交う人々を見下ろせる席に案内され、ふたりは静かに向

かい合っている。

明るい。

太陽の白い光が差し込んでいる。ほどよい空調に、肌がさらさらする。ひな子は座ったまま、これ以上伸びないくらい大きな伸びをした。

リオのカーニバルは終わった。二日前のことなのに、ひな子にはずいぶん前のように思えた。九時間にもおよぶ人々の熱狂。鼓膜に張り付いていたサンバのリズムも、いつの間にか溶けて流れている。

サングラスをかけた清子は、頬杖をつき、細い首を傾けている。マニキュアの色が出発前と違う。渋めのゴールドから明るいグレーに変わっている。旅に予備のマニキュアを持っていくなど、ひな子は考えたこともなかった。

「清子おばさん、今回はありがとう」

ひな子は礼を言うならこのタイミングだと思った。

「誘ってもらわなかったら、一生来られなかったと思う。本当に楽しかった」

「そう？　ならよかった」

清子は言った。

「またどこか一緒に行こうよ」とつづくのかと思い、というか、つづけて欲しくて、ひな子は間を空けた。清子は笑ってみせただけだった。

テーブルに大きなステーキが運ばれてきた。

「よし、食べよ、ひなちゃん！」

肉には胡椒がたっぷりとかかっており、添えられたポテトは見るからにカラッと揚がっている。

「アメリカのステーキって、もっと硬いのかと思ってた」

肉にナイフを入れながら、ひな子は気を取り直し明るく言った。

ステーキを食べ終えると、ふたりは出発まで別行動することにした。清子はビジネスクラスのラウンジで少し休むらしかった。

ひな子は歩きたかった。外国の空港を散策するのは楽しい。映画ならばこんなとき劇的な出会いがあるのだろうが、それよりなにより今の自分には和菓子屋の息子たちだった。

いまだ木村夫妻とは連絡先を交換できていない。別れの時間がせまっている。

どうしたものかと歩いていたところ、木村夫妻が土産物屋から出てくるのが見えた。

「木村さん！」

ひな子は手を振って近づいた。

「あら、おひとり？」

木村の妻が、清子の姿を探している。

「叔母は、ラウンジで休憩してます」

「あら、わたしたちも休んでたのよ。入れ違いになっちゃったのね」

いざとなると気の利いた言葉が出てこない。ひな子はへらへらと笑うばかりの自分を奮い立たせ、

「お土産、息子さんたちに、なにか買われたんですか？」

と、言った。

「今、探してるんだけど、なにかいいお店あった？」

さっき見かけた店をひな子は思い出した。

「ウェスタンブーツとか、トレーナーを売ってるお店がありました。けっこう、かわいかったですよ」

「パパ、知ってる？」

木村の夫は、あったかなぁ、どうだったかなぁと首をかしげた。

「よかったら、ご案内しましょうか？」

ひな子は意気込んで言った。

三人は連れ立って土産物屋に向かった。店に着いても、ひな子は土産を選んでいる振りを

してふたりから離れなかった。

わたしの未来を変える鍵は、この人たちが持っている。

大げさに思うほうがひな子は冷静になれた。

木村夫妻はそこで男物のトレーナー三枚と、ビアカップ四個、スノードーム、陶器のウェスタンブーツを買った。

「このブーツに花を生けてもおもしろいんじゃない？」

と、木村の妻が言った。おもしろすぎるだろう、とひな子は思ったが、

「かわいいかもしれませんね、わたしも買おうかな」

言った手前、買うことになってしまった。

店を出たらお茶に誘われるんじゃないかと期待していたのに、そうはならなかった。ふたりとも、まだ買い物がしたいらしかった。

「いいお店教えてもらってよかったわねぇ、ね、パパ」

「いいえ、わたしも見たかったんで」

ひな子は控えめに笑った。

「そうだ、よかったら、今度、うちにも遊びに来てね、和菓子だけはたくさんあるから」

木村の妻は言った。

「はい！　ぜひ、ぜひ」

答えた後、ぜひは一回でよかったと後悔する。

ひとりになり、弾んだ気持ちで空港のショップをもう一巡のぞいた後、ひな子はスタバで温かいカフェラテを買ってベンチに腰掛けた。

ついに勝ち取った「今度うちに遊びに来てね」。行きますよ、行きますとも。

成田まで息子たちが迎えに来てくれるのだと、木村の妻は言っていた。まずはそこで軽い自己紹介ということになるのかもしれない。

息子たちの外見がパッとしなかったとしても、向こうが乗り気になってくれるのならば突き進もう、と、ひな子は決めた。兄でも弟でも。木村夫妻は感じがいい。同居することになっても、うまくやっていけそうな気がした。

和菓子屋の女将《おかみ》になった暁には、一生懸命、働こう。新しい和菓子を提案していくのも、若女将の役目なのかもしれない。ヒット作を出し、家業を守《も》り立てていくのだ。

ブラジルにちなんだ饅頭《まんじゅう》なんてどうだろう？

ひな子はホテルの朝食ブッフェにふんだんに盛られていためずらしい果物を、もっと真剣に覚えておくのだったと後悔した。

それはそうと思った以上に持ち重りがする。陶器のウェスタンブーツなんか誰の土産にすればいいのだ？　とりあえず実家だな、あればどこかに飾るだろうと顔をあげたとき、ひな子の視界に見慣れた女が飛び込んできた。清子だった。

発着する飛行機が見えるガラス窓を背景に、清子は背の高い男と立ち話をしていた。日本人のようだが、同じツアーの参加者ではなかった。男の髪は、白髪というよりロマンスグレーと呼ぶほうがしっくりくる。優雅だった。白いシャツにオリーブ色のラフなパンツを合わせているだけなのに。今日の清子は、デニムにTシャツ、バッグのアクセントに結んでいた大判のエルメスのスカーフを、さらりと肩からかけている。

清子の目元はサングラスで見えないが、白い歯を見せて笑っていた。昔からの知り合いなのかもしれない。男は別れ際、清子を軽く抱きしめた。

「さっき見ちゃった、わたし」

言うか言わないか迷ったが、ひな子は言ってみたくなった。

「なにを？」

清子は首をかしげた。

ビジネスクラスのラウンジにいる人々の顔は、示し合わせたようにつまらなそうだった。

清子の手には赤ワインのグラスがあった。この旅では白ばかり飲んでいたのに。

「清子おばさん、さっき、男の人と話してたでしょ？」

清子は、ああ、ふふふ、と笑った。

「もしかして、昔付き合ってた人とか？」

ひな子が言うと、

「バッタリ。これからシカゴなんだって」

ソファに沈み込むように、清子は小さなあくびをした。

「え、学生時代の恋人？」

ひな子が身を乗り出すと、まさか、と清子は笑った。

「そんな大昔の男の顔なんか、わかるわけないじゃないの」

「じゃあ、いつの？」

「さぁ、そんなに前じゃないと思うわ。十年やそこらよ」

計算が合わない。清子おばさんの夫が亡くなったのは三年前ではないか。

ひな子の胸の内を見透かすように、

「恋って、意外に長くたくさんできるものなのよ」

清子はおかしそうに言った。

「じゃあさ、あのさ、清子おばさんの税理士さんいるじゃない？　もしかして、あの人とも付き合ってた？」

ひな子の質問に、清子はきょとんとした後、

「やあよ、そんな手近な男！」

と、一笑した。

しばらくして、ふたりは搭乗口に向かった。ひな子は勇気が湧いてくるのを感じた。わたしには清子おばさんと同じ血が多少なりとも流れているのだ。日本に戻ったら、というか、成田に着いたら、恋のひとつやふたつ勝ち取ってみせる。大きなステーキが入った腹をきゅっと引き上げるように、ひな子は前進した。

＊

水の中は静かだった。

なにもかもからだが覚えている。抵抗を受けない水のかき方、やわらかい足首の動かし方。空を飛んでいるみたいだ。はじめてクロールができた日、そう感じたのを弥生は思い出した。

午前と午後とで三軒の訪問介護を終え、家に帰る途中、弥生はスポーツジムの前でチラシ

を受け取った。ちょうど信号待ちをしているときだった。

無料体験、という文字が見え、

「プールも無料なんですか？」

自転車にまたがったまま聞くと、

「はい、ぜひお試しください！」

若い男が元気よく答えた。

感じのよさに気をよくし、弥生は家に戻るとクローゼットの奥から水着を出してみた。会社員時代、ジムに通っていたときのものだが、まだ着られそうだった。ゴーグルは見つからなかった。ホームページを見ると帽子とゴーグルはレンタルできるとあり、行ってみる気になった。

小学生の頃に通っていた水泳教室で、手が長いことを褒められた。弥生は、自分のからだに人より優れている部分があるなどと考えたこともなかった。素質があると言われ、努力した。小さな大会で優勝したこともあった。

プールサイドに置かれた表彰台。一番高いところから見た水面。

あの頃が、わたしの人生のピークだったのかもしれない。

クロールならいくらでも泳げそうだ。どうして何年も水から離れていられたのだろう？　なめらかなターンを繰り返し、弥生は泳ぎつづけた。久保田さんをお手本にして、とみんなの前でコーチに言われた自慢のターンだ。

泳ぎながら、弥生はゆうべの孝介のことを思い出していた。

二杯ずつ飲み終えると居酒屋を出た。安い居酒屋でおごられたくらいで借りを作りたくなかったから、かたくなに半分払った。孝介がポケットに裸のままつっこんでいたお札は、富美の財布から抜き取ったものかもしれなかった。

「もう一軒、どう」

孝介は目を合わさずに言った。思わず聞き返しそうになるほど小さな声だった。

もう少し先まで進んでみたらどうなっただろう。

「帰ります。とりあえず、富美さんは今、そんな感じですので」

富美の話をするために飲んだのだ、ということを強調しておきたかった。店の前で別れた後、振り返って見た孝介の背中は、当たり前だが男の背中だった。

気がつくと一時間ほど泳いでいた。プールは初心者用から上級者用まで三レーンに分かれていた。弥生は中級レーンで泳ぎ始めたものの、すぐに上級レーンに移った。

プールからあがり、窓辺のジャグジーでからだを温める。プールはジムの最上階で、高層マンションの上に月が見えた。

孝介は言っていた。帰る家があった俺はまだマシなのだ、と。日雇いでは生活が立ち行かなくなり、路上に出た顔見知りもいたらしい。

孝介の身の上を聞く限り、同情するところは少なからずあった。悪い人じゃないと弥生は思う。そして、人生に行き詰まっている。

「泳ぐの、上手ですね」

ジャグジーの中で、女に声をかけられた。同じ歳くらいだろうか。ショートカットがよく似合っている。

「ありがとうございます」

弥生はからりと答えた。久しぶりの運動で、ほどけるように心身がリラックスしていた。

「子供の頃、ずっと習ってたんです」

弥生が言うと、

「あ、わたしもです」

競泳選手を目指していた時期もあったが、母親に反対されて諦めたのだと女は言った。

「反対の理由っていうのが、それ以上、肩幅が広くなったら成人式の着物が似合わないって」

女が笑い、弥生もつられて笑った。

よく泳ぎに来ているのかと女に聞かれ、無料一日体験なのだと、弥生は答えた。

「体力仕事なんで、本当はもっと鍛えたいんですけど」

「体力仕事?」

「介護関係なんですけど」

弥生が言うと、女は「わたし、尊敬してるんです」と真面目な顔になった。

「うちの祖母がお世話になったときに思ったんです。ひょっとして、ヘルパーさん、なんですか?」

弥生が「ええ、まぁ」と答えると、

「ヘルパーのお仕事って、バランス感覚が優れた方じゃないとできないんだなって、祖母の介護のときに思いました。想像力とか、共鳴力とか、求められることが本当にたくさんあるお仕事ですよね。すごいです」

女はなにかを思い出すように、うなずいている。

「大変そう」と真っ先に言われなかったことが、弥生は妙にうれしかった。たいていそう言われるのだが、なんだか見下されているように感じてしまう。

自分で会社を経営しているのだと女は言った。弥生が感心すると、わたしなんかより社員が優秀だからと口に手を当ててはにかんだ。地味なベージュのネイルだが、サロンで手入れしているに違いない美しい指先だった。

「お話しできて楽しかったです、またお会いできたら」

女は去って行った。贅肉がない、アスリートのようなからだだった。

ジャグジーは弥生だけになった。ぶくぶくとした泡がこそばゆい。こんなところに富美を連れてきたら、案外、おもしろがるんじゃないか。想像し、笑みがこぼれる。弥生は、湯船から脚を突き出して眺めた。来る前にムダ毛の処理はしたものの、ところどころ剃り残しがあった。

シャワールームは、順番待ちができるほど混んでいた。わたしにも、こんなふうに仕事帰り、ジムに通っていた時代があったのだ。夫の転勤で仕事を辞めたが、転勤といったところで、たった一年だった。辞めなければよかった。考えたところでどうしようもないが、どうしようもないという理由だけでは考えることをやめられなかった。

一回でアウト。

弥生の胸に孝介の言葉がくいこんでくる。

急ぐこともないのでパウダールームでゆっくりと髪を乾かし、休憩所で一息ついた。雑誌や新聞も置いてあった。タオルを首にかけ、熱心に読みふけっている人もいる。エレベーターで一階に下りると、プールで会ったショートカットの女と鉢合わせした。階段で下りて来たようだった。

「あ、」

互いに声を上げ、親しい友人と会ったときのように笑い合った。

もっと早く切っていたらよかった。

6

弥生は弾むように歩き、ショートボブのさらさらした毛先の揺れを楽しんだ。こんなに髪を短くしたのはどのくらいぶりだろう。

約束の時間まで、まだ少しある。書店に寄って新しい本を買いたいような気分だった。美容院を出て横断歩道を渡り終えたとき、直子からメールが届く。今日はゆっくり飲めるらしい。そういえば、おとといの直子のメールに夫の出張情報があった気がする。

残念！　予定あって、またまた！

返信し、弥生はもう一度頭を振った。

軽い。晴れやかだ。頭も、そして心も。こんな日に安っぽい居酒屋で飲むのなんてまっぴらだった。

一ヶ月前、杏花《きょうか》とスポーツジムで出会ってから、もう五回も食事をしていた。あの日、彼女に会っていなければ、ブラジル帰りの妹と険悪な雰囲気になっていてもおかしくなかった。

どうにも納得いかないのは、ひな子から渡された土産の財布である。確かに、リクエストした。しかし、弥生が欲しかったのは免税店のハイブランドの財布であり、アマゾンの巨大淡水魚の革で作った財布であるはずがなかった。子供の使いじゃあるまいし、どうして清子おばさんに頼んでくれなかったのだろう。

ひな子のスーツケースから出てくる土産は、いわゆるばらまき用のものばかりだった。次の派遣先すら決まっていないのだから、ばらまく相手もいないというのに。即席麺や安っぽいチョコレートをテーブルに積み上げ、好きなの食べていいから、と笑う妹にさえ「寛大だった」と弥生は振り返る。

ゆうべはヘルパーの仕事の後、杏花の友人らと遅くまで飲んだのだった。若い劇団員や、酒屋の二代目、カメラマン、詩人なのだと紹介された。杏花の女子校時代の失敗談にみなが大笑いし、詩人の男だけはさほど笑わず無口だったが、それはそれでかまわないという雰囲気が弥生には新鮮だった。劇団員というメガネの男は明日の稽古が早いからと帰って行き、その後に合流した美容師が、ついさっき弥生の髪をカットしたリコさんと呼ばれている小柄な女だった。弥生が髪型を変えてみたいと言ったら、善は急げと今日になったのである。

おもいっきり髪を短くするつもり。

弥生は美容院へ向かう途中、杏花にメールをした。すぐに返事が来て、夜、ご飯を食べようと誘われた。連日会うなんてまるで高校生みたいだと弥生はおかしくなる。

「うそうそうそうそうそ、かわいい！　短いの似合うのはわかってたけど、すごく似合ってる」

待ち合わせのカフェで杏花に絶賛され、弥生はうれしさを隠せなかった。

「ほんと？　ほんとに？」

「うん。さすがリコさんだなぁ」

リコを紹介してもらった礼を忘れていたのに気づき、弥生はあわてて言った。

「杏花さんのおかげ。じゃなきゃリコさんのお店なんか、わたし、一生、行けなかったと思う。すごくおしゃれだった」

「ショップの家具も気が利いてたでしょう？　ツェツェの花瓶とか」

なんのことかわからず、弥生は曖昧にうなずく。単語を覚えていられれば、あとで検索するつもりだった。

「ここ、ドライカレーが絶対おすすめなんだけど、ドライカレーでいい？」

「うん、おいしそう」

弥生には、「絶対」を素直に口にできる杏花が眩しかった。

民家を改造したカフェの天井は大きな梁《はり》が剝き出しになっていた。壁一面の本棚には古本の洋書が並べてある。気に入った写真集があればときどき買うのだと杏花は言った。

杏花はこの後、職場に戻るらしく、自分だけビールというのも気が引けて弥生も水にした。経費で落とせるからと、食事代はおそらく今夜も杏花が払うのだった。

「わたし、思ったんだけど」

杏花が口を開いた。椅子の背にぴたりと張り付くように座っている。母親がバレエの先生だったから姿勢にはうるさかったと杏花が言って以来、弥生も気をつけている。

「弥生さんって、表現する人なんだと思う」

「表現？」

弥生はとっさに自分の前髪を整えた。杏花がなにを言わんとしているのかはわからなかったが、すでにまんざらでもなかった。杏花と話していると、自分がひとかどの人物になったようで、心地よい自信が湧いてくる。

「そう。ほら、昨日の影の話とか。ああいう感性って、みんなにあるわけじゃないから」

そういえば、ゆうべの飲み屋でそんな話題になった。中国で影絵の舞台を見たというカメラマンが、影って怖いんだけど惹き付けられるんだよね、と言い、それを受けるように、弥生はコーヒーカップの話をした。

「わかる気がします、ドトールのテーブルに夕日が差し込んだとき、コーヒーカップの輪郭《りんかく》が濃く見えて美しいと感じたことがあったんです」

そんな、たわいもない話だった。

「美意識が高い人なんだよ、弥生さんは」

杏花はきっぱりと言った。そんな、そんな、と弥生が謙遜しかけたところで、ドライカレーが運ばれてきた。

＊

各停電車の窓から、葉桜の並木道が流れていく。歩道の溝には白茶けた桜の花びらがたまっていた。ひな子は窓の外に目をやり、かと思えば膝の上の紙袋をのぞき込み、始終落ち着かないでいる。ブラジル旅行で一緒だった、木村夫婦の和菓子屋に行こうとしているのだった。

旅行の参加者たちは、成田空港に到着した後はてんでばらばらに解散となった。ひな子は木村夫妻の姿を見失い、連絡先の交換をゆっくりできると思っていた自分に呆れた。

手がかりはあった。ネットで和菓子屋の本店を調べたら、世田谷の住宅街にあるのがわかった。すぐに行くのもどうかとしばし日を置き、満を持して、今日、やってきたというわけである。

それにしても、とひな子は思う。近くに用事があったから写真を届けに寄ったという名目にしては、たったの三枚なのが心許《こころもと》なかった。そのうちの一枚はリオのカーニバルを眺める夫妻の後ろ姿である。

手土産を決めるまで一時間近くデパ地下をうろうろした。和菓子屋への手土産に甘い物はないだろう。煎餅《せんべい》にするか、お茶にするか。佃煮なんかも喜ばれるのではないか。果物は、ちょっとお見舞いみたいだし。結局、最初に見ていたフレーバーティーに決めた。マンゴーとパイナップルの香りにしたのは、ブラジルを意識してのことである。

流れによっては夕飯に招待されるかもしれない。そこで息子たちを紹介されるかもしれない。それが縁で付き合う可能性もなくはない。トントン拍子にいくはずがないと自分をたしなめつつ、ひな子は、ダラス空港で男に抱きしめられ、ふわりと揺れた清子のスカーフを思い出していた。

知らない街を歩くのは楽しい。

いずれ暮らす場所になるのかもしれないと思えばなおさらである。店までは最寄り駅から歩いて十分以上かかったが、駅からバスに乗らねばならない実家を思えばたかがしれている。

グーグルの地図通りに店はあった。草餅ののぼりが立っている。平屋建てだが、その奥に住居らしき二階建ての家が見える。屋根には太陽光パネルが数枚。自慢の松の木まではわからなかった。

ショーケースの奥に木村の妻が立っていた。白いエプロンの胸元には家紋のようなプリントがある。ひな子は深呼吸して店に入った。

「いらっしゃいませ」

木村の妻は笑顔で言い、ひな子と目が合ったものの、すぐに手元の作業に戻った。伝票をめくるような紙の音がする。

気づかれなかった。あり得なくはないと思っていたが、ひな子は軽く動揺した。

「こんにちは」

努めて明るく言った。木村の妻が再びひな子を見た。

「あの、ブラジルのツアーでご一緒させていただいていた……」

一瞬、間が空いて、「あー、あー、はいはい、おばさまと参加されてた！」と木村の妻が笑い、同時にかすかに表情を曇らせたのは、「で、なんで来たの？」ということであろう。

ひな子は何度も頭の中で繰り返してきたセリフを早口で言った。この近くに友達が住んでいて、久しぶりに会ってきたんですけど、叔母への土産のお菓子を検索したらこちらの店がヒットして、そうしたら、偶然、木村さんのお店で、ちょうど写真もお渡ししたかったので寄ってみたんです、と。食事に誘われてもよいよう、友達の家からの帰りだという筋書きになっている。

木村の妻は、あら、まぁ、わざわざ、と笑顔に戻ったものの、夫も、そして肝心の自慢の息子たちも呼んで来るような気配はなかった。本店にはいないのかもしれなかった。

「これ、写真と、あと、ちょっとなんですが、紅茶、よかったらみなさまでどうぞ」

ショーケース越しにひな子は紙袋を手渡した。あらあらあら、まぁまぁ、と木村の妻は恐縮しつつ受け取った。

草餅のパックを買い、ひな子は店を出た。夕飯に誘われるどころか連絡先も聞かれなかった。「おまけ」と、どら焼きがふたつ付いた。

「なんなの、急にリフォームって」

ひな子はブラウスにアイロンがけをしながら言った。明日、久しぶりに派遣会社の事務所に行くことになっている。

夜のニュースはスポーツコーナーにかわり、キャスターの威勢のいい声がする。姉の弥生は読んでいる本から顔をあげず、「さぁ」と答えた。背筋をピンと伸ばし、友達から借りたという本をこれ見よがしに読んでいる。実験的に森に住んでみた外国人の日記なのだとか。

「対面キッチンにするって、お母さん、誰と対面すんの。今さらお父さんと?」

ひな子は言った。

「そうなんじゃない」

「その建築家ってちゃんとしてる人なわけ? え、何歳?」

「さぁ、同級生の紹介らしい。高校んときの」

実家のリフォームに弥生がさほど興味を示さないのが、ひな子は不思議でならなかった。それは、もしかするとあの「壺」のようなものにもうっすらと関係しているのかもしれない。

壺は玄関のシューズボックスの上に飾られている。壺ではなく花瓶、あるいはオブジェの可能性もある。ブラジルから戻ってすぐ、ひな子はその存在に気づいたが、弥生が訪問介護先でもらったのだろうと流していた。「粘土で作ってみた」と、弥生が言ったときにはぶったまげた。なんでまた? と、こんなものを? が頭の中でもつれた結果、ひな子の口から出たのは間の抜けた「ほぇー」であった。

「百八十万だって」

唐突に弥生が言い、ひな子は我に返った。

「え、リフォームが!?」

「らしいよ。お母さんのへそくりなんだとさ」

「そうなんだ……」

言葉が見つからずまごつくひな子に、

「アイロン、当て布しないと、生地、いたむよ」

開いたページに視線を落としたまま弥生は言った。ブラウスの袖口はすでにテカテカしていた。

翌日、ひな子が派遣会社の前に着いたと同時に、バッグの中のスマホが振動した。石岡からで、事務所ではなく駅前の喫茶店で待っていて欲しいという連絡だった。五分ほどの道を引き返し、指定された雑居ビルの中の喫茶店に入った。

すぐに石岡がやって来た。

「すみません、急に場所を変えて」

石岡はネクタイのゆがみを直しながら、ひな子の向かいに座った。

石岡の顔を見てがっかりするのは失礼なことだ。ひな子はすぐに反省し、反省したうえで、ブラジルの地で思い出していたときにはもう少しすてきだったじゃないかと不当に腹を立てた。

　喫茶店は分煙になっておらず、背後からタバコの煙が流れて来る。ひな子はコーヒー、石岡はアイスココアを注文した。

「なかなかご希望の仕事をご紹介できず、すみません」

　石岡は開口一番に言い、頭を下げた。

「いえいえ、そんな」

　気を取り直したひな子は慎み深く首を振ったが、現実問題、貯金はほとんど底をつきかけていたので、

「でも、そろそろ働かないと、ちょっとお金のほうも……」

　と、付け足した。

「ブラジル、いかがでしたか」

　石岡が言った。

「カーニバル、もう、すごい熱気で。熱帯の国って、やっぱり情熱的っていうか。石岡さんも南米を旅されたことがあるって言ってましたよね」

「僕はキューバです。いろいろ回りましたよ、ハバナとか、革命博物館とか」

「革命博物館って？」とひな子が聞く前に、「添乗員付きのツアーで気楽でしたし」と、石

岡が言った。

　飲み物が運ばれてくると石岡は椅子に座り直し「それで、ですね」と言った。

「こういう個人的なはがきは、困りますんで」

　テーブルに置かれたのは、ひな子からのエアメールだった。


（いつもお世話になっております。今、ブラジルにいます。南国のフルーツはとてもおいしいです。見たこともない黒い鳥が、リオの空を飛んでいます。今度、石岡さんの南米のお話をうかがってみたいです）


　それを見て血の気が引いた。差し障りのない文面にしたつもりでいたが、ここで冷静に読んでみれば石岡に気があるように受け止められてもしょうがなかった。

「あ、いえ、別に個人的とか、そういう意味はなくて……」

「今後、気をつけてください」

　石岡はひな子の反応は待たず、これからの仕事の方向性について話し始めた。年齢的に派遣先からの依頼も減ってきているし、希望する職種の幅を広げてみてはどうか。おおかたそういう話だった。口調にはいたわりも感じられた。ひな子は「検討してみます」と、まだそこそこ熱いコーヒーを流し込んだ。土産に渡そうと思っていた板チョコは、出番を失いバッグの底でじっとしていた。

＊

母からの招集を受け、弥生とひな子は実家に戻っていた。

「いい機会だから、いらないもの全部捨てちゃいたいのよ」

淑江の言う「いい機会」とは、むろんキッチンのリフォームである。すでにかなりのものが捨てられており、電子レンジの棚は電子レンジごと消えていた。「ない暮らし」を実践するらしい。

「でも、わたしたちの部屋まで関係ないじゃない」

ひな子は反論したが、むしろ弥生は乗り気だった。

「本当に必要なものだけで生活するのって悪くないと思うよ。わたしもそうしたいって考えてたところだし」

姉妹は半日かけて二階の自分たちの部屋から不要品を運び出し、その後、父と一緒に食器棚とダイニングテーブルを解体した。

意外なことに、この日、久保田家でもっとも気合いが入っていたのは母ではなく、父、和雄であった。

自ら買いに行ったというユニクロのジーンズ。白いシャツの裾をベルトの中ではなく外に出し「こなれ感」を出していた。

先生のマネなのだと母に言われ、先生というのがリフォームを請け負っている建築家だと気づくのに、姉妹はしばし時間がかかった。

リフォームにまったく興味を示さなかった和雄であるが、建築家の設計図を前にしたとたん、俄然、張り切り出したのだという。

大型家具の解体が済むと、明日のヘルパーの仕事が早いからと言って弥生は帰っていった。

ひな子が風呂からあがると、和雄がリビングでひとり晩酌をしていた。絨毯《じゅうたん》の上に半分寝転んだ姿勢で缶チューハイを飲んでいる。

「なんか、すごいね、引っ越しするみたい」

冷蔵庫を物色しつつ、ひな子は言った。積み上げられたダンボールには、器、鍋、備品、などとマジックで書かれてある。

「ああ、そうか」

和雄はおもむろに立ち上がり、メジャーであちこち測り始めた。キッチンに無垢の木のバーカウンターを付けるのだという。

「そこでなにすんのよ。お酒飲むの？」

バスタオルで濡れた髪を拭きながら、ひな子は笑った。

「背が高めの椅子、置いてな。あるだろ、そういうの」

「ああ、あるね」

「ちょっと、ネットで探しといてくれよ」

「いいけど、どんなの？」

「くるくる回るやつ、高さが調整できて。座面が丸くて。黒かな」

「わかった見とく」

ひな子は冷蔵庫の奥からヤクルトを取り出し二階に上がった。

足の裏が自分の部屋を覚えている。絨毯の短い毛、ところどころたわむ床の感じ。ぎしぎし鳴るのはピアノの左前あたりである。

清子がピアノを弾く姿を、ひな子はブラジル旅行ではじめて見た。すべての観光を終えた、旅の最後の夜のことだった。

ホテルのレストランは日本人のツアー客の貸し切りだった。隅にあるピアノを見つけた誰かが、「ねぇ、弾ける人いないの？」と言った。

「無理、無理、ねこふんじゃったも無理」

笑いが起こり、

「ひょっとして、松下さんだったら弾けるんじゃない？」

ふいに、清子の名前が挙がった。

「弾こうか？　でも、お膳立てしてくれなきゃ」

清子は笑った。

この一声で、現地ガイドがレストランの店長に掛け合った。了解を得ると、木村夫妻の夫のほうが、「ほら、パパ、準備してあげて」と妻に急かされ、ピアノの椅子を出したり、鍵盤蓋を上げたりした。清子は白ワインのグラスを傾け、ほほえみながらそれを見ていた。

準備が整うと清子はゆったりと立ち上がり、ピアノの前に腰掛けた。そして、みながどこかで耳にしたことのあるようなモーツァルトの陽気な曲を弾いてみせた。店内にわっと拍手が起こり、もう一曲「上を向いて歩こう」を弾いた。日本人客たちの合唱に、厨房から料理人たちも顔を出してリズムを取っていた。

合唱に加わりながら、ひな子は、あそこに座っているのが清子おばさんではなくわたしだったらと想像していた。七歳から十五歳までピアノを習っていたひな子のほうが技量ならば上である。けれど、清子のような気が利いた選曲はできなかっただろうし、弾いてと言われても断っていただろうし、そもそも、声などかからない。

弾き終わると、若い料理人の男が清子に歩み寄り、赤い花を一輪手渡した。歓声の中、清子の口元が、「オブリガーダ」と動くのが見えた。添乗員の小野田から、旅の初日に教わったポルトガル語の「ありがとう」。男性なら「オブリガード」。女性なら「オブリガーダ」。ひな子は、旅の間中、結局「サンキュー」で済ませ、一度も口にしないままだった。

日本に戻ったらピアノを弾きたい。

あの夜は強烈に鍵盤が恋しかったひな子だったが、実家のピアノを前にしてみれば、好みの和音を二つ三つ弾いたら気が済んだ。

＊

スーパーの自転車置き場に着いても、弥生はしばらく動けずにいた。背後を通り過ぎて行く人の影はつばの広い帽子を被っている。

ついさっき、介護ヘルパー先の阿部の家で言われたことが許せないでいる。面と向かって言われたわけではなかった。聞こえたのである。弥生が訪問したとき、阿部はベッドに横になったまま誰かと電話で話していた。会釈だけし、弥生はすぐにキッチンに立った。流しに積み上げられた皿や茶碗。汚れたままカラカラに乾いていた。せめて浸け置いてくれればそれだけ早く次の作業にとりかかれるのにと思いながら食器を洗い、米をといで炊飯器をセットした。ときどき阿部の笑い声がした。断片的に聞こえる会話から、親戚と話しているようだった。そろそろ夕飯の買い物に出なければならなかった。弥生は電話中の阿部に向かって料理本を指差し、声には出さず、「なににします？」と口元を動かしてみせた。

「牛丼」

阿部は言い、あっちへ行けというふうに指先をひらひらさせた。玄関で靴を履いていると、阿部が電話の相手に話す声が聞こえた。

「今、掃除のおばさん来てんのよ」

弥生は音をたててドアを閉めた。自転車でスーパーに向かいながら、悔しくて涙がにじんだ。

昼下がりのスーパーには子供の泣き声が響いていた。だだをこねたいのはこちらも同じだ。気持ちがおさまらず、弥生は空のカゴを手に店内を歩き回った。あの男の夕飯が遅れたところでかまうもんか。

しかし、この時間もまた阿部に使っているのかと思うとおもしろくなく、弥生はしぶしぶ食材をカゴに入れ始める。肉売り場では、ついいつもの癖で脂の少ないパックを見比べているのだった。

アパートに戻ると、阿部はいびきをかいて眠っていた。買ったものをスーパーの袋から取り出す。キッチンの小窓から見えるのは、スプレーで落書きされたブロック塀と、ほっそりとした柳の木だけである。

風が吹いて若葉が揺れている。そういえば母が口にした隣りの家の木の名はなんだったか。弥生は手早く牛丼を作りラップをかけた。上手にできてしまったのが悔しかった。

「弥生さんならできると思う。スキルなんかあとからでいいの。きれいなものをきれいと思える人じゃないとできないってわたしは思ってるから」

まっすぐに弥生の目を見て杏花は言った。杏花の会社で広報の仕事を手伝って欲しいと弥生は頼まれたのだった。輸入雑貨を扱う部署をゆくゆくは弥生にまかせたいのだという。

やりたい。やってみたい。

弥生に迷いはなかった。三十も年上の老人におばさんなどとあしらわれるような日々に、なんの未練があるというのか。

「すごくうれしい。ありがとう」

飛び上がって喜びたいのを堪《こら》えて弥生は言った。

杏花とは、互いに親友と呼び合えるような仲になっていく気がする。だから友として手助けするという流れで引き受けたかった。がつがつ話に飛びついたとは思われたくない。

「返事は少し待ってもらってもいい？　自分の人生のこと、真剣に考えてみたいから」

弥生は言った。

家に帰ると、ひな子の部屋からはテレビの音がした。もともとは子供部屋にする予定だった洋間である。弥生は時間をかけて自分のために台湾茶をいれた。茶器のセットはガラス製で、買い付けに行ったときの台湾土産に杏花からもらったものだった。

自分が差し出す名刺には、部長、と印刷されるのだろうか。責任者のポストというならば、いずれそうなるはずである。

「きれいなものをきれいと思える人じゃないとできないってわたしは思ってるから」

杏花に言われた言葉を何度もかみしめる。それはザラメ糖のようにしゃりしゃりと甘く、溶かしてしまうのが惜しかった。

わたしらしく、いや、わたしだからやれることもある。

熱湯の中でゆっくりと開いていく茶葉を、弥生は見つめた。

＊

恐る恐る、ひな子は石岡を見上げた。あいかわらず鼻の穴の手入れがゆるい。

ひな子の新しい派遣先が大学の購買部に決まり、ふたりはその手続きを終え、中庭を歩いているのだった。ずっと企業の事務職を希望していたひな子だったが、見学だけでもと石岡に言われ、その後、トントンと話がすすんだ。

「せっかくだし、なにか講義でも聴いていきましょうか」

石岡が言った。

「え、そんなことできるんですか？」

「実は僕、ここの大学の卒業生なんですよ」

「え、あ、あー、そうなんですか。なんだ、この前、言ってくださったらよかったのに」

先週、ふたりで見学に訪れていたのだが、その日は購買部をのぞいただけですぐに解散したのだった。

「余計な情報がないほうがよいかと思ったんで」

石岡が笑った。

ふたりは講堂の上にある大きな教室にもぐり込んだ。

「ここは、たいてい出席とらないんで」

後方の長机に並んで座り、石岡がメールの確認をする隣りでひな子は学生たちが次々に集まってくるのをぼんやりと眺めた。

学生時代から、自分がそれほど遠くに来ているような気がしなかった。教壇の後ろに巨大な鏡でもあったら、学生らと並ぶ姿に年月を感じるのだろうが、自らが視界にいない場所には時間の流れがなかった。

講義の後、ふたりは学食でランチを取ることにした。ひな子はメンチカツ定食、石岡はカツカレーの大盛り。ちょうど空いた窓辺の席で向かい合った。

「講義九十分って長い、って学生の頃は思ってましたけど、今日はそんなでもなかったです」

石岡が「そうですね」と笑った。

メンチカツは、揚げたてではなかったがまだ充分に温かかった。粗めの衣がサクサクと心地よく、白米とのバランスを無視してひな子は箸をすすめた。

「当たり前ですけど、学生、いっぱいいますね」

石岡はやはり「そうですね」とうなずいたが、適当に答えているふうでもなかった。

「思ったんですけど、ここにいる学生たちだって、全員、正社員になれるわけじゃないんですよね」

言ってから、ひな子は卑屈な感じに受け取られなかっただろうかと思った。

「まぁ、そうですね」

辛いのか、暑いのか、石岡の額には汗がにじんでいる。

「情報コミュニケーション学でしたっけ？　さっきの講義、けっこう、おもしろかったですね」

ひな子が言うと、

「僕が学生のときと同じ資料使ってましたよ」

ハンカチで汗を拭きながら、石岡がまた笑った。今日、この人がよく笑っているのは、もしかすると、あのブラジルからの「エアメール」によってなんらかの感情を抱いたということなのかもしれない。帰り道、ひとりになったひな子は、カレーのルーとご飯をまぜない石岡の食べ方は嫌いじゃないと思った。

＊

富美は少し泣いた。

弥生が話しているときには、あらぁ、そう、でも、たまには来られるんでしょう？　を繰り返していたが、

「ごめんなさい、辞めると来られなくなるんです」

弥生がはっきりと言うと、はっ、と一瞬動かなくなり、

「寂しいじゃないの、そんなのは」

うつむいて瞳をうるませた。その後ろから炊き上がりを知らせる炊飯器の音楽が流れた。

「なに、辞めんの？」

二階から孝介が下りてきた。夜の交通警備の仕事が決まったらしく、からだが多少、引き締まったようだ。

「はい。お世話になりました」

できるだけ他人行儀に弥生は言った。ふたりで飲んだ夜のことは互いに一度も口にしなかった。

富美は、孝介を見て「どなた？」と不審がることはあるものの、おおかた親戚か誰かだと思っているようだった。ごくたまに、「コウちゃん」と呼ぶ朝もあるらしい。

「結婚？」

孝介に聞かれ、プライベートなことはちょっと、と弥生は答えた。

道ばたの雑草からは夏の夜の匂いがした。

こざっぱりとした濃紺の麻のワンピースを着て、弥生は国道沿いのファミレスへと向かっている。

店に着くと、杏花はボックス席でピラフを食べていた。

「こんばんは」

弥生は明るく言って腰掛けた。店内は寒いくらいにクーラーがきいている。

タイに行っていたというわりに杏花は焼けておらず、聞けば、ずっと商談で建物の中ばかりだったのだという。

夕飯は済ませてきたので弥生はドリンクバーのアイスコーヒーにした。

「それがさ、大変だったの」

現地でパスポートが入ったバッグごと盗まれたらしく、杏花は事の顚末《てんまつ》を楽しげに話した。

「でも、見つかるなんて奇跡だった」

ピラフを食べ終えた杏花は、ちょっとおかわり、とドリンクバーに向かった。

学生たちの集団がさっきから騒がしい。

いつものように静かなカフェで話したかった。弥生には話したいことがたくさんあった。台湾茶を日本の急須でいれるならどんなフォルムが適しているのか自分なりに考えてみたのだ。なにか今後の仕事のヒントになればと思う。

「あとでスタッフと合流するから」

アイスティーを手に戻ってきた杏花が言った。当面は弥生と組んで仕事をすることになる若手社員なのだという。

「緊張しちゃう。本当にわたし、杏花さんと働くんだなぁって」

「うれしいよぅ。弥生さんに断られたらどうしようって思ってたんだから」

現れたのはボーダーシャツにジーンズ姿の青年だった。弥生はなんとなく女性が来るものとばかり思っていた。

「こちらが、久保田弥生さん。ね、すてきな人でしょう？」

杏花に紹介され、「いえいえいえ」と弥生は手を振ったものの、少しおばさんぽかった気がして後悔する。

「原です。よろしくお願いします。わかんないことあったら、なんでも聞いてください」

原は席には座らず、どうします？　と杏花に聞いた。

「うちのオフィス見てもらったほうがいいかなと思って。弥生さん、これから大丈夫？」

杏花がバッグから財布を取り出したので、弥生はカーディガンを羽織りかけていたのをやめ、「大丈夫です」と言った。

原が運転する軽自動車に三人は乗り込んだ。二十分ほど走って、車は古びたマンションの前で止まった。マンションの一階は店舗になっており、歯医者の隣りのペットショップはまだ営業していた。

エレベーターのボタンは七階まであった。原が5のボタンを押した。

「このマンション、モデルさんとかも住んでるんだよ、ね、原ちん」

杏花の明るい声が響き、

「あ、いますね、名前わかんないですけど」

スマホを見ながら原が言った。

玄関を入ると廊下がつづき、ドアの向こうにダイニングキッチンと十畳ほどのリビングがあった。隅にダンボールが山積みになっている。奥にもう一部屋あるようだが、引き戸は閉じられていた。

「ほら、あれが前に言ってた本棚」

杏花が言った。

家具職人に作らせたという「こだわりの本棚」は、弥生が想像していたよりも小振りだったが、インポートの画集や写真集が表紙を前に立てかけてあり、その隙間にアンティーク調の熊のぬいぐるみやミニカーなどが並べられていた。

「すてきですね」

「弥生さん、座って。お茶でいい？」

テーブルには黄色いガーベラが一輪、ガラスの花器に生けられている。原が冷蔵庫から紙パックの緑茶を出し、弥生と杏花のグラスに注いだ。自分の前には半分飲みかけのコーラのペットボトルを置いた。

「ここが、オフィス。昔はビルのワンフロアを借りてたんだけど、無駄なものをはぶいていったら、スペースなんか小さくていいってわかって」

杏花は笑った。

「杏花さんに借りた本、すごくよかった。必要最小限の最小限って、むしろ大きいんじゃないかって」

「あ、わかる。ていうか、ごめんね、ちょうど決算でダンボールだらけで」

「うちの実家、今、キッチンのリフォームやってて、まさにこんな感じ」

お茶を一口飲んで弥生は笑った。

「リフォームするんだ、結構、お金かかるでしょう？」

「さぁ、親が急に張り切っちゃって。これを機にいらないもの捨てる、なんて言って。まぁ、ヘルパー先の家でも、もう少しものがなかったら広々暮らせるだろうに、っていうお宅って、結構多いんだけど」

話しながら、弥生は斜め向かいに座る原の「ええ、ええ」という相づちに、なぜだかいらいらした。

「そうだった、今日、ヘルパー先のおばあさん、泣かせてしまって」

弥生は話題を変える。

「どうしたの？」

「あ、ううん、わたしが辞めるって言ったから。それで」

「辞めるって、ヘルパーの仕事？」

杏花が身を乗り出した振動で、テーブルのガーベラがかすかに揺れた。

「あ、うん。寂しくなるって泣いてくれて、なんかこっちもうるっときちゃって」

「えっ、待って、弥生さん、辞めなくていいんだよ？」

杏花は驚いている。

「でも、ここでフルで働かせてもらうってなると、ヘルパーの仕事との両立は無理だと思うし」

弥生はためらいがちに答えた。実際、もうヘルパーステーションには転職のことは相談済みで、後任のスタッフも決まっている。

「違うの、ね、原ちん？　うちは、つづけてもらって全然いいの。弥生さんにとってヘルパーはかけがえのない仕事なわけだし。むしろ、つづけてもらいたい」

杏花はてのひらを胸の前で合わせ、熱心に言った。

「それにね、わたしたちが扱わせてもらってる商品って、そういうお年を召した方にこそ、役立ててもらえるものなんだ」

杏花は言い、原に向かって「ほらっ」とあごをあげた。立ち上がった原は小さなダンボールを持ってきてテーブルに置いた。

「たとえば、これね、うちの会社で一番の人気商品」

小袋に入った錠剤を、杏花はテーブルに並べてみせた。そこからの杏花の説明が、弥生の頭にはまったく入ってこなかった。ヘルパー先の老人たちにおすすめして欲しいというものが次々とテーブルの上に並べられていく。茶葉のようなものもあった。杏花がやたらと「免疫力」を連呼している。杏花のくちびるが動くのを見つめながら、弥生は、さっきの車の中にポテトチップスの破片が落ちていたことを思い出していた。あれは原が食べたのだろうか。そんなこと、今はどうだっていいのに。

「あ、ううん。あの、ちょっとお手洗い借りていい？」

弥生は膝に置いていたバッグごと立ち上がった。

カーテンの隙間からベランダの洗濯物が見えた。男物の靴下が室外機の風で揺れている。オフィスと言っているけれど、ここは杏花と原が暮らしている部屋なのではないか。

弥生はリビングのドアを後ろ手に閉め、トイレの前を素通りし、そのまま玄関に向かって靴を履いた。

静かに部屋を出た。出ると走った。エレベーターは使わなかった。あわてているのに右、左、右、左と正確に足が出て、五階からいっきに地上まで駆け下りた。杏花も原も追ってくる気配はなかったが、弥生は走るのをやめなかった。

マンションのエントランスを出た。どちらに進めばいいのかわからなかった。路地を曲がり、また曲がり、どん詰まりの道を引き返してはひた走る。

夜の中に、胸の中に、富美の顔が浮かんだ。富美の家の「節句」「父・工具」と丁寧な文字で書かれた古びた箱も浮かんでは消えていった。

「痛っ」

民家の垣根から伸びた木の枝が弥生のひたいをかすった。

ようやく大通りに出た。はあはあという息を通り過ぎる車の風が掻き消していく。なにが部長だ。なにがきれいなものをきれいと思える人だ。そういえば名刺一枚もらっていない。最初に名乗り合ったとき、杏花は名字すら言わなかった。なんておめでたいわたし。

弥生はカーディガンを忘れてきたことに気づいたが、当然、取りには戻らなかった。

*

清子の手にはネイルカラーの色見本があった。

気分で決めようと思っていたけれど、今のところ浮かんでこない。リクライニングのソファを最大限に倒し、馴染みのサロンで清子は足の爪の手入れをしてもらっているのだった。ブラジル旅行の疲れが完全には抜け切っていない気がする。もう、この先、あんなに遠くには行かれないだろう。

窓の外が白い。さっきまでネモフィラの花のような青空だったのに。

あの日もこんな天気だった。

小学生になったばかりの清子は、姉の淑江とふたりで公園の砂場にいた。

地面を掘りつづけるとブラジルに行けるんだよ、と言ったのは淑江だった。掘っても掘っても反対側の国は見えてこなかった。砂にざくざくとスコップを差し入れているときの自分の息づかいを、清子はうっすらと覚えている。

雷が鳴り、姉妹はスコップを投げ出し家まで走った。大きくなったら一緒にブラジルに行こうと、あのとき淑江は言った。叩きつけるような雨粒から、小さな妹を懸命に守りながら。

店内にはショパンの軽やかなワルツが流れていた。

「ずいぶん時間がかかったなぁ」

清子は空を見つめる。

「なにがですか？」

若いネイリストは手の動きを止めずに聞いた。

「ブラジル」

「確かに」

清子はそんな遥か遠くの地よりも、亡き夫とふたりで出かけた熱海《あたみ》や箱根が今は恋しかった。

夫は旅の荷物が多い人だった。読みもしない小説や書きもしない俳句ノート。万歩計、オペラグラス、予備のカメラ。出発前に、これはいらない、これも置いていきなさい、などと母親のように夫の旅支度の世話をやいていたのを思い出し、清子の口元に笑みが浮かぶ。

ダラス空港で昔の男にばったり会ったのは、気が早い冥土の土産というところか。中年にさしかかった頃から人目を忍んで会っていた男だった。わずかな時間でさえタクシーを飛ばして会いに行った。好きだったのだ。そういう時間に身を置いているときの自分自身が。有終完美。終わったのだ。旅も、恋も、夫との日々も。

ひな子と弥生も大きくなった。弥生はもうすぐ四十というではないか。彼女たちの人生について思うことはなかった。大きくなってしまえば、姪とて他人のようなものである。

叶うなら姉には自分より長生きして欲しいと清子は思う。もう誰のためにも泣くのはいやだった。

「あとは野となれ山となれ」

色見本を胸元に置き、清子は歌うように言った。

「松下さん、楽しそう」

ネイリストが笑った。

「ねぇ、帰り、姉の娘にプレゼント買うんだけど、スカーフと財布、あなたならどっちがいい？」

清子は聞いた。弥生にもなにかお金を使ってやらないと。昔っから損得にこだわる子だったから。

「お誕生日ですか？」

「ううん。旅行のお土産買わなかったから。免税店にいいのがなかったのよ」

「わたしだったらお財布がうれしいです。スカーフはどう使っていいのかわからないから」

「じゃ、財布にする」

「いいなぁ」

ネイリストはうらやましがり、

「松下さんのお姉さまも、やっぱりおきれいな方なんですか？」

と言った。

窓ガラスに雨が走り始めていた。清子はほんの少しほほえみ、

「一流の画家なら、きっと、わたしより姉をモデルに選ぶわ」

そう言って目を閉じた。

まぶたの裏にブラジルの海が広がった。エメラルドグリーンの気分だと思った。

7

セミが鳴いている。

午前中からすでに三十度を超えており、住宅街には人気《ひとけ》がなかった。不要な外出は控えるようにという町内アナウンスがあったばかりである。

バス停から家までの道を、弥生とひな子は汗をぬぐいつつ歩いている。リフォームした実家のキッチンが完成し、建築家の先生を招いての食事会をするのだという。きちんとした服で来てと母親に言われ、姉妹はTシャツではなくブラウスにしたものの、足元は裸足にサンダルである。

「このへん、空き家、多くなったよね」

雑草が伸び放題になっている民家の前でひな子が言った。

「見て、こっちも空き家じゃん」

ひな子が指差した家にはまだ表札がかかっていたが、カーテンはなく、人が住んでいる気配はなかった。弥生は「ほんと」と答え、手の甲で汗をぬぐった。そして、今日何度目かのため息をついた。

ひな子は弥生を横目で見た。少し痩せたのは暑さのせいなのか。そういえば、新しくできたという友達にもここのところ会っていないようだった。

アスファルトには姉妹の日傘の影が落ちている。電柱にとまっているセミはレリーフのように動かなかった。

清子おばさんって、どれくらい財産あるんだろうね。

口にするのはなんとなくタブーのようになっていたが、むしろ、この場では明るい話題のようにひな子は思えた。結局、口には出さなかった。

「ただいま」

同時に言って、姉妹は実家の玄関のドアを開けた。

新しいキッチンは想像以上に見栄《みば》えした。対面式の調理台には低い仕切りがあり、リビング側に無垢の木のカウンターが付いていた。

「え、うちじゃないみたい!」

ひな子が弾んだ声をあげた。

もともと調理台と流しがあった窓側は棚になっており、窓は棚の一部のように組み込まれていた。棚の一角が和雄のコーナーになったらしく、焼酎や日本酒の瓶と一緒に、切り子のペアグラスが並べられている。

「こちら根本先生」

淑江に紹介された建築家は、べっ甲の丸メガネをかけた小柄な男だった。笑うと目が糸のように細くなる。思っていたよりうさんくさくなかったね、というのがのちの姉妹の感想である。

人付き合いがよいほうではないはずの和雄が、その根本と並んでカウンターに座っていた。椅子は飛騨《ひだ》の家具職人によるものだと自慢する父に、ひな子は自分が調べてやった回転する黒い椅子ではないことには触れず、「へぇ、いいじゃん」と言った。真新しいシステムキッチンのオーブンで焼いたという母のピザにはしらすがのっており、気に入って一番食べたのは弥生だった。

「お母さん、リフォーム、ほんと思い切ったね。そういうとこ、案外、清子おばさんと似てるのかな」

帰りの電車の中でひな子は言った。酒が過ぎた弥生は隣りでこくりこくりと眠っていた。バッグを抱える手が今にもはらりとほどけそうである。

実家は、もう父と母の家なのだ。それはキッチンのリフォームとは関係のないことだと思う。今のひな子には、母が作る麦茶ではなく、弥生の些《いささ》か苦い麦茶のほうが夏の正解になっている。

野放図な姉妹暮らしを、もうちょっとだけつづけていたい。

ひな子は電車の揺れに身をまかせ、弥生の肩に頭をあずけた。

そういえば、ブラジルのトロッコ列車の中で、音楽隊にチップを渡したのは清子おばさんだけだった。あと、陶器のウェスタンブーツ、お母さん、どっかに飾ってたっけ？

眠りに落ちる前に、ひな子は思った。

＊

翌朝一番に、弥生は富美の家に向かった。

辞めると言ったヘルパーの仕事だったが、転職先が倒産したと弥生が相談しに行くと、慢性的な人手不足であるヘルパーステーションの所長はたいそう喜んだ。

暑い。

今日も朝から蒸している。

直子に教わった「完璧な日焼け対策」で自転車にまたがり、照りつける太陽の下をぎこぎこと進んだ。

あの夜の後、杏花から四通のメールが届いた。はじめの一通は会って話したい、あとの三通はこれまで立て替えていた食事の代金を払って欲しいという内容だった。無視しつづけると連絡は来なくなった。

富美の家に着くと、弥生はすぐに洗濯機を回した。流しの洗いものを片付けながら、夏バテ気味の富美にそうめんを湯がき、ミョウガの千切りをたっぷりと添えた。

「富美さん、できましたよ」

そうめんに浮かべた氷に太陽が反射している。せめて食べ始めくらいは、と、弥生は富美の向かいに腰掛けた。

二階は静かだった。深夜勤務の孝介はまだ寝ているのだろうか。

孝介のことをまったく意識していないといえば嘘になる。弥生は首を振った。万が一、孝介と深い仲に発展し、万が一、再婚なんてことになったら、この家の無料ヘルパーになるのは目に見えている。

「カンベンしてくれ」

弥生のひとりごとに、そうめんをすする富美が、「ほんと、ねぇ」と絶妙な間《あい》の手を入れた。

夜、直子と居酒屋で会った。

「久しぶり！　弥生ちゃん、なんか忙しかったみたいだね？」

ふたりは本日のおすすめのレモンチューハイで乾杯した。さすがに杏花とのことを話すのはためらわれ、

「実家のリフォームの手伝い、いろいろ大変で」

突き出しのもろきゅうをつまみながら弥生は言った。

隣りの席では、集まった何組かの家族が「お疲れさま！」と乾杯したところだった。日に焼けた子供たちは、ジュースが入ったプラスチックのコップを持ち上げ、しつこく「かんぱーい」を繰り返している。

弥生は、ふいに泣きそうになる。この子たちもいずれは老いる。老いて誰かの手を借り、食事をしたり、排泄したりするのだ。

「わたし、この仕事向いてないなぁって思う」

弥生はため息まじりに言った。

「そんなことないよ」

励ますように直子は笑った。

「そんなことある。ぜんぜんうまくやれてない」

「決まった時間内で、なにもかも完璧にはできないよ」

「そうなんだけど」

「あのさ」

直子は静かにグラスを置いた。

「わたしがおばあさんになってさ、ヘルパーさんに来てもらうなら、弥生ちゃんみたいな人がいいなぁって思うよ」

弥生は「まさか」と受け流した。

「ううん、本当に。お世辞とかそういうんじゃなくて。講習のときから、そう思ってた」

「わたし、直子さんに比べたらなんにもできてないから」

「それでもわたしは、弥生ちゃんみたいなヘルパーさんがいい」

弥生は取り合わなかったが、直子はいつになく引かなかった。

「講習のときさ、ベッドに寝ている人を起こして立ち上がらせる練習、あったでしょ」

「ああ、うん」

「あのときさ、いろんな人と組んでやったじゃない？」

「怖々やるから、わたし、先生に叱られてばっかりだった」

「わたしね、弥生ちゃんに起こされるときが一番痛くなかったんだよ」

直子と別れた後、弥生は以前行ったバーに寄ってみた。

客は誰もいなかった。女のバーテンダーの「いらっしゃいませ」には、二度目ですね、という親しみが感じられた。カウンターにマスターの姿はなかった。弥生は、ふたりは親子なのではないかと思った。

タリスカーのソーダ割りをちびちびと味わう。もうバーで注文するものを知っているのだ。新しい武具を買い足したような心強さがあった。

近頃の妹は脂がのっている、と弥生は思う。大学の購買部の仕事が思いのほか性に合っていたようだった。ひな子の主な業務は、教授陣の出張や学生の合宿旅行の手配なのだという。若者たちがまわりにいるせいだろうか、ひな子自身にも活気がある。

あるいは、恋、ということも考えられる。今夜も遅くなると言っていたし。

もしひな子が結婚となれば、わずかではあったが家賃収入も望めなくなる。親のお金もあてにはならない。実家はリフォームして快適になったとはいえ、歯抜けになった街に建つ家である。あれを財産と呼ぶには心細い。残るは清子おばさんであるが、弥生は、なんだか、くたびれたのだった。人をあてにする生き方に、ではなく、自分をあてにできないような生き方に。

「いらっしゃいませ」

バーテンダーの声に弥生はまるめていた背中を伸ばした。カウンターのはしに座った男は、「ラフロイグをストレートで」と言った。聞き慣れた声だった。視線が合った。男は弥生を見て絶句している。別れた夫だった。

「久しぶり」

弥生は言った。

「ああ、うん」

優太の口は半開きのままである。

「こっちに座らない？」

弥生は言った。その声に怒りは含まれていなかった。

「きみがこういうところで飲むの、知らなかった」

隣りの席に移動しながら、おずおずと優太は言った。左手の薬指には指輪があった。前の自分たちの指輪より感じのいいデザインだと弥生は思った。

昔、この店で飲んでいたのだ、と優太は言った。離婚でもめていたときだろうか？　今夜、たまたま近くを通ったから寄ったのだという。

「昔の話はしないでおこうよ」

言ったものの、弥生は他に話すことが思い浮かばなかった。子供がいるのかは聞かなかった。いる気がした。飲み始めると優太はウイスキーの話をした。凝り出して専門書まで買ったのだという。

そういうとこあったよね。

弥生は言いかけてやめた。

バーテンダーも交え、しばらく三人で話した。すいかのカクテルにはどんなアルコールが合うのか、とか。意外に焼酎も合うんですよとバーテンダーが言った。一杯飲み終えると、弥生は自分の支払いを済ませて店を出た。

星が出ている。

弥生は自転車を押しながら、別れ際、優太に放ったセリフを思い出して吹き出した。

「ここ、今はわたしのなじみの店だから、もう飲みに来ないで」

飲みに来たの、二度目なのに。バーテンダーに聞かれてしまったかもしれない。

「わっ、びっくりした」

若い男の声がした。塾帰りの中学生たちだろうか。前を歩いていた彼らが避けて通った場所に人影があった。電柱に寄りかかるように女が座り込んでいた。ひどく酔っているようだった。

女の靴に見覚えがあった。ヒールにトゲのようなものがびっしりとついたブーツだった。夏服にブーツを合わせるとは、オシャレというものも大変であるな。弥生は自転車を脇に止め、女のもとに進んだ。

「大丈夫？　飲みすぎちゃった？」

しゃがんで背中をさする。どれくらいの力でさすって欲しいのかがわかるような気がした。

「すみません、ごめんらさい」

安いマスカラのせいで女の目のまわりは真っ黒になっていた。弥生はトートバッグからタオルを取り出し、顔を拭いてやった。

「すみません、すみません」

頭を動かすたび、三角形のプラスチックのピアスが揺れる。

「いいよ、もう」

と、弥生は言った。

文庫描き下ろし

あるシーン①

24
いらっしゃいませ

メイク術か
そういえば新しい口紅買ったのって
いつだっただろう?
「メイク術」「祇園祭の楽しみ方」「韓国のおすすめ雑貨店」

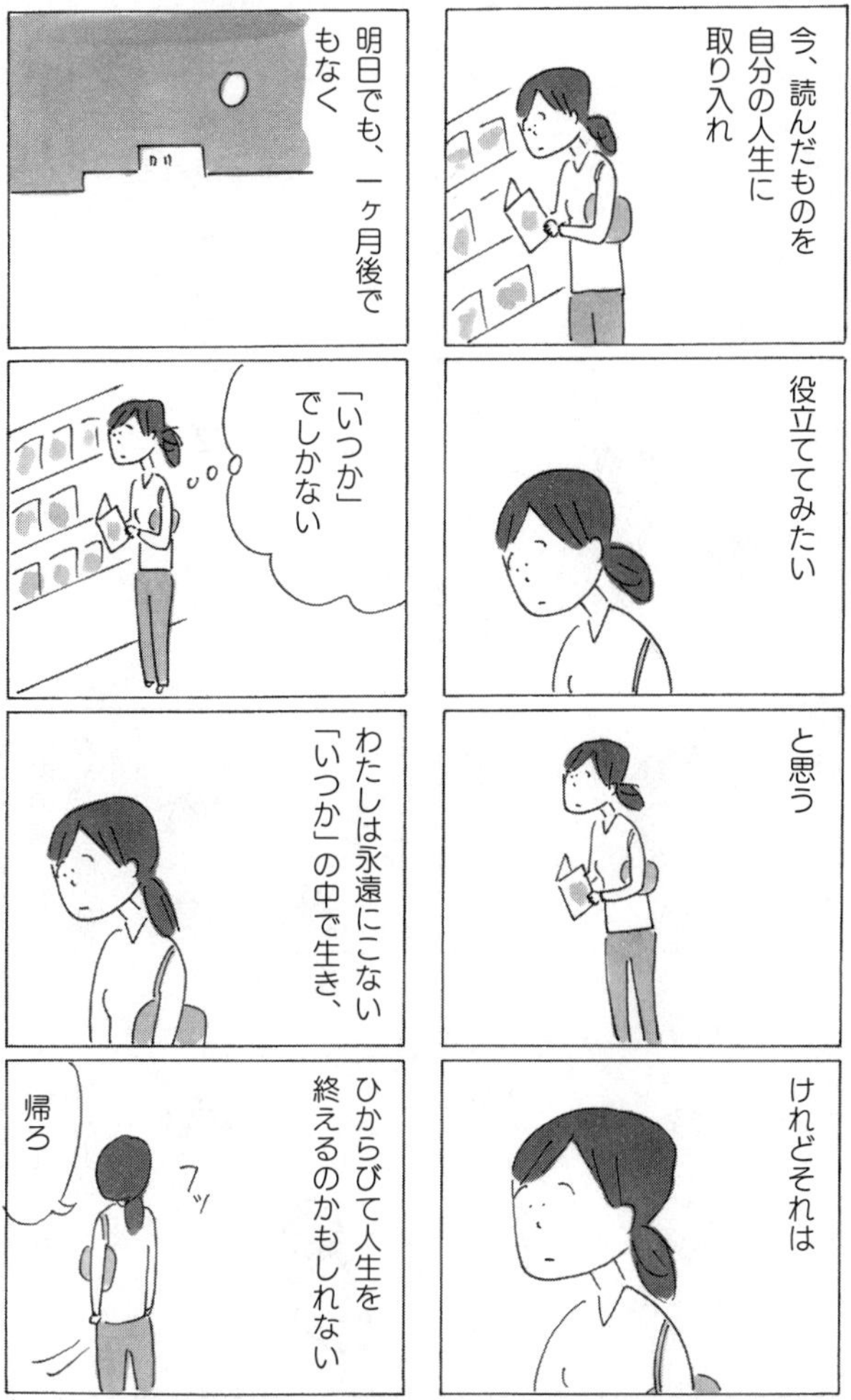
今、読んだものを
自分の人生に
取り入れ
役立ててみたい
と思う
けれどそれは
明日でも、一ヶ月後で
もなく
「いつか」
でしかない
わたしは永遠にこない
「いつか」の中で生き、
ひからびて人生を
終えるのかもしれない
フッ
帰ろ

あるシーン②

子供の頃、妹と
遊んだ公園の砂場
砂山を両側から
掘り進め

トンネルの真ん中で
手が触れ合ったときの
くすぐったさ
ふふっ
あはは
夫とも、
娘たちとも
分かち合えない

いたいけな思い出
キッチンの窓から
シマトネリコの木が見える
ふさふさとした葉が風に揺れている
今年もまた初夏には白い小さな花を付けるのだと思うと
いくぶん気持ちが明るくなった
たとえそれが
お隣りの庭の木であったとしても

あるシーン③

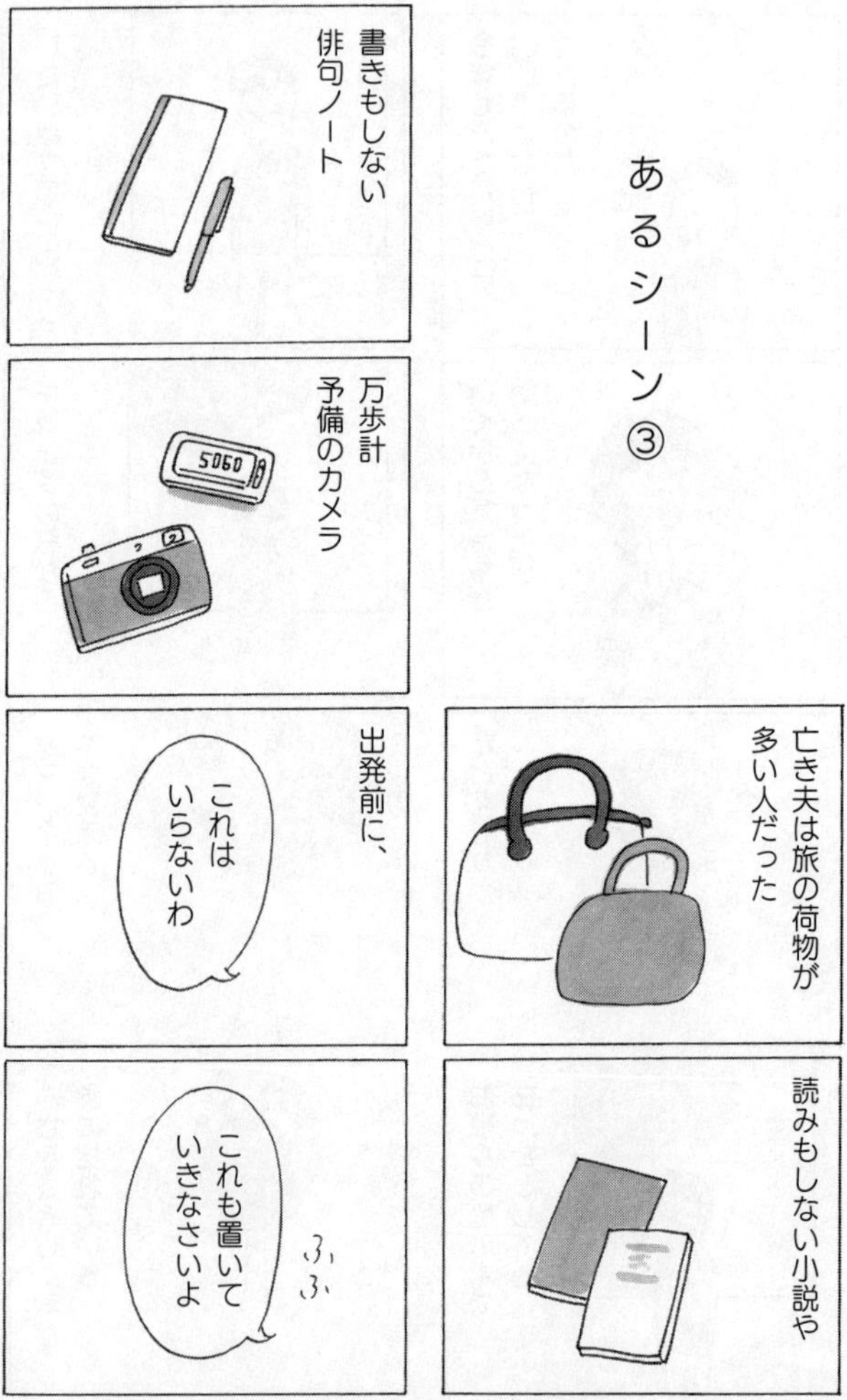
亡き夫は旅の荷物が
多い人だった
読みもしない小説や
書きもしない
俳句ノート
万歩計
予備のカメラ
5060
出発前に、
これは
いらないわ
これも置いて
いきなさいよ
ふふ

母親のように
夫の旅支度の世話を
やいていたのを思い出
すと
わたしの口元には
笑みが浮かぶのだった
もう二度と
誰のためにも
泣くのはいやだった
終わったのだ
旅も、恋も、
夫との日々も
あとは野となれ
山となれ

あるシーン④

それにしても

実家のリフォーム
思い切ったよね
寝てる……
お姉ちゃん
一度家を出ると
実家がちょっと
親戚の家みたい
になってた

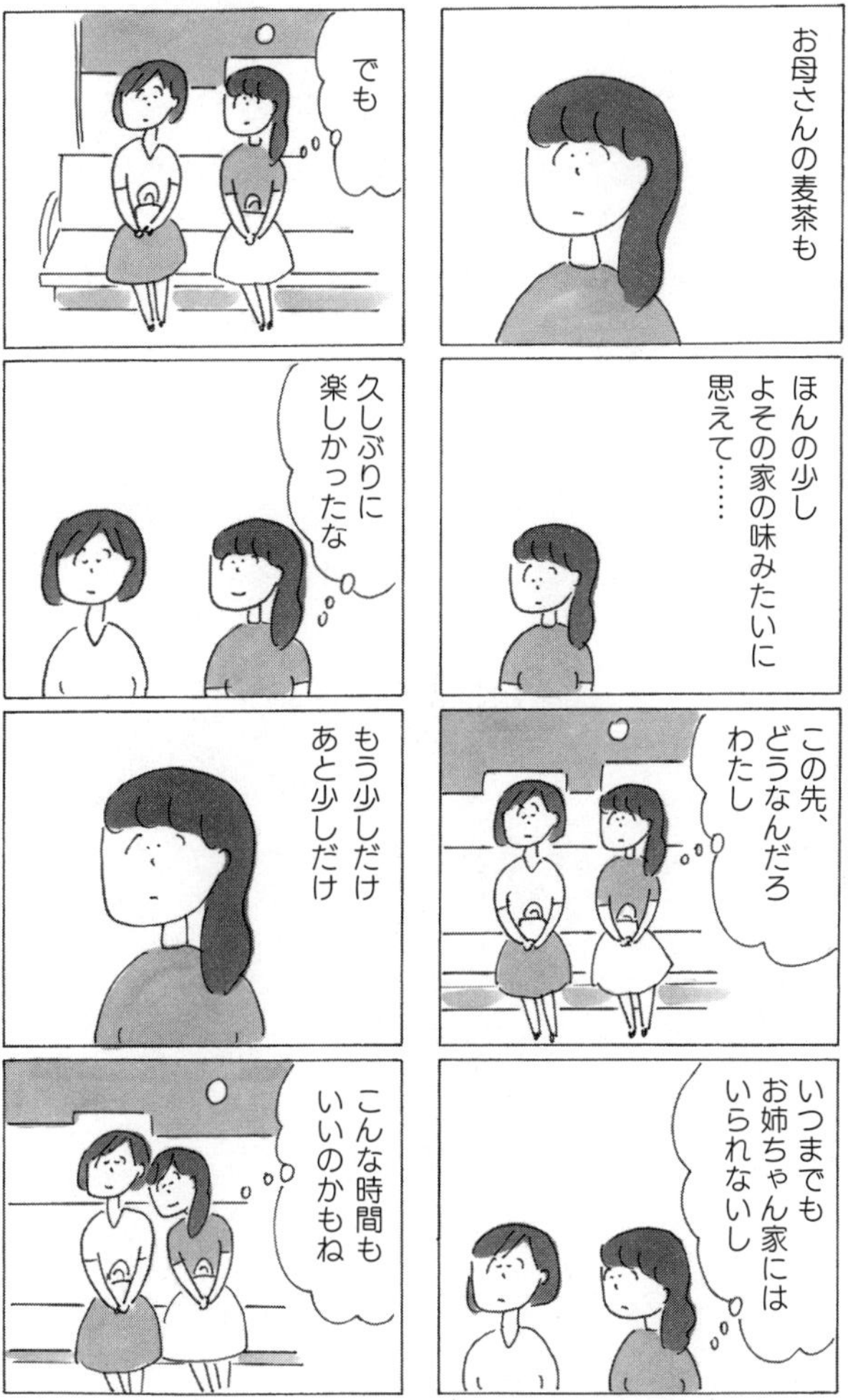
お母さんの麦茶も
ほんの少し
よその家の味みたいに
思えて……
この先、
どうなんだろ
わたし
いつまでも
お姉ちゃん家には
いられないし
でも
久しぶりに
楽しかったな
もう少しだけ
あと少しだけ
こんな時間も
いいのかもね

この作品は二〇一八年八月小社より刊行されたものに
描き下ろし漫画「あるシーン」を追加したものです。

幻冬舎文庫

●好評既刊
益田ミリ
すーちゃんの恋

カフェを辞めたすーちゃん37歳の転職先は保育園。結婚どころか彼氏もいないすーちゃんにある日訪れた久々の胸の「ときめき」。これは恋？　すーちゃん、どうする!?　共感のベストセラー漫画。

●好評既刊
益田ミリ
僕の姉ちゃん

みんなの味方、ベテランOL姉ちゃんが、新米サラリーマンの弟を前に繰り広げるぶっちゃけトークは恋と人生の本音満載、共感度120％。雑誌「an・an」の人気連載漫画、待望の文庫化。

●好評既刊
益田ミリ
痛い靴のはき方

イヤなことがある日も、ない日も、さいごは大好物のサバランや、トラヤカフェのかき氷で終わらせれば元気がむくむく湧いてくる。かけがえのない日常をつぶさに掬い取る、極上のエッセイ集。

●好評既刊
益田ミリ
ちょっとそこまで旅してみよう

金沢、京都、スカイツリーは母と2人旅。八丈島、萩はひとり旅。フィンランドは女友だち3人旅。昨日まで知らなかった世界を、今日のわたしは知っている――明日出かけたくなる旅エッセイ。

●好評既刊
益田ミリ
青春ふたり乗り

放課後デート、下駄箱告白、観覧車ファーストキス……甘酸っぱい10代は永遠に失われてしまった。やり残したアレコレを、中年期を迎える今、懐かしさと哀愁を込めて綴る、胸きゅんエッセイ。

一《いち》度《ど》だけ

益《ます》田《だ》ミリ

令和3年8月5日　初版発行

発行人——石原正康
編集人——高部真人
発行所——株式会社幻冬舎
〒151-0051東京都渋谷区千駄ヶ谷4-9-7
電話　03(5411)6222(営業)
　　　03(5411)6211(編集)
振替00120-8-767643
印刷・製本—株式会社 光邦
装丁者——高橋雅之

幻冬舎文庫

ISBN978-4-344-43117-1　C0193　　ま-10-23

幻冬舎ホームページアドレス　https://www.gentosha.co.jp/
この本に関するご意見・ご感想をメールでお寄せいただく場合は、
comment@gentosha.co.jpまで。